AL NORTE DEL INFIERNO

Miguel Correa Mujica (Las Villas, 1956). Estudió Lengua y Literatura rusa en la Universidad de La Habana, de donde salió a bordo de uno de los tantos barcos que atravezaron el estrecho de la Florida en el año 1980, como parte del éxodo del Mariel. En el año 2002 se doctoró en Lengua Española y Literatura Hispanoamericana por la Universidad de la Ciudad de Nueva York (CUNY). Hoy es professor en Hostos y otras universidades del nordeste de los Estados Unidos. Autor de la novela *Furia del discurso humano* y de la pieza teatral *La entrevista*. Miguel Correa Mujica poesee un sentido del humor casi cáustico, tragicómico, y elocuente, con ese desenfado verbal que caractiza a la generación de Mariel y que rescató del tedio a la literatura cubana de la época, y de ahora. Actualmente vive en Weehauken, no muy lejos del mar, cerca de Manhattan, su otra isla.

Miguel Correa

AL NORTE DEL INFIERNO

De la presente edición, 2018

© Miguel Correa
© Editorial Hypermedia

Editorial Hypermedia
www.editorialhypermedia.com
www.hypermediamagazine.com
hypermedia@editorialhypermedia.com

Dirección de la colección Mariel: Juan Abreu
Edición: Ladislao Aguado
Diseño de colección y portada: Herman Vega Vogeler
Imagen de cubierta: Steve Johnson
Corrección y maquetación: Editorial Hypermedia

ISBN: 978-1-948517-20-1

A PROPÓSITO DE LA COLECCIÓN «MARIEL»

Hay una Cuba de antes de 1980 y una Cuba que comenzó a nacer a partir de 1980. En esa Cuba de antes de 1980, los que huían de la isla, se consideraban exiliados. En la Cuba posterior, sobre todo a partir de la década de los 90, eso fue cambiando y surgió la figura del emigrante del castrismo cubano. Algo que a mí siempre me ha parecido insólito, de una dictadura se huye no se emigra.

Los libros que he agrupado en esta colección, pertenecen, literariamente hablando, a esa Cuba anterior a 1980: sólo pueden haber sido escritos por exiliados de la dictadura cubana. No quiero decir que sean mejores ni peores, sólo señalo que pertenecen a una época y a una Cuba que ya no existe, o de la que ya queda muy poco, y que comparten cierta mirada sobre los tiempos que a los autores les tocó vivir, amén de una saludable furia.

Algunos de los escritores que agrupo en esta colección, que se publica gracias a la iniciativa y al interés de Editorial Hypermedia, salieron de la isla durante el Éxodo del Mariel, otros lo hicieron un poco antes o algo después del gran éxodo marítimo. Pero todos pertenecen a esa Cuba que producía exiliados políticos, fugitivos, y no emigrantes. A mi entender, estas obras se alimentan, enriquecen e iluminan unas a otras, y ayudan a definir y a comprender el tiempo que a sus autores les tocó padecer. Por eso las he reunido aquí.

Juan Abreu

Para María M.
M. C. M.

And there is even a
happiness that makes the heart afraid.
Thomas Hood

EL TEXTO COMO EXORCISMO [*]

En la antología *17 narradoras latinoamericanas,* la argentina Cecilia Abzats expone en un breve prólogo que precede a su cuento «La siesta» que el primer libro que se escribe suele ser una historia que uno tiene «atravesada en la garganta» y ponerla en palabras funciona como una especie de exorcismo.

Confieso que no habría podido encontrar mejores palabras para referirme ami querido *Al norte del infierno.* En efecto, el primer libro que escribimos es usualmente un acto de exorcismo, un dolor que uno tiene clavado en el pecho, una especie de trabazón que no nos deja respirar. Esa condición de texto-nudo es la que hace salir el libro con la fuerza de un atragantamiento en las vías aéreas, para evitar así una posible muerte por asfixia.

Pero esa gestión inevitable —sacarnos ese nudo del interior— tenemos que realizarla con toda la rapidez que una situación de emergencia conlleva. La urgencia con que el libro demandaba saltar a la página en blanco

---

hizo que el autor no siguiera, por lo general, las pautas que siguen los textos reposadamente concebidos ni los que resultan de esmeradas investigaciones académicas ni siquiera las que siguen ciertos textos mesiánicos. Ese primer libro que llevamos dentro no puede esperar tanto. Su existencia viene tocada por la urgencia: me lo saco del gaznate o perezco.

Al norte del infierno nació bajo esas circunstancis agónicas. Su texto se me había atragantado no solo en la garganta sino en todo mi ser. Lo sentía como un molesto padecimiento que no me dejaba vivir, como un tumor o un proyectil que desde hacía tiempo llevaba alojado en los sesos y que ahora buscaba salir, por sí solo, a la superficie. Sacarlo de mí se convirtió en mi mayor prioridad, sin tiempo que perder y sin detenerme a pensar en cómo lo haría.

Pero arrancarnos un libro que vive en nuestro interior es un proceso de exorcismo que tiene sus propias reglas. En primer lugar, la urgencia del texto por saltar de mi cabeza ni siquiera dejaba un espacio para echar un vistazo a las pautas literarias que rigurosamente establece la tradición, ni para analizar los estilos en boga para configurar ese texto, ni nos permite remitirnos a las diatribas, valores o pareceres que consciente o inconscientemente nos impone el canon, o sea, sin prestarle mucha atención a la literatura. Y así escribí *Al norte del infierno*: así, sin ponerme a considerar el mundo literario que transcurría a mi alrededor, sin tenerlo en cuenta, sin saber si eran estas o no las formas que la narrativa contemporánea exigía de los escritores de mi época.

Escribí la primera y única versión del libro en unos ocho meses, todo en 1982. El manuscrito apenas sí tuvo una revisión sintáctica. Desde mi salida de Cuba a través del éxodo del Mariel en 1980, los personajes formaban enormes algarabías en mi cabeza, insoportables estrépitos, alborotos inenarrables, verdaderos motines de seres que al parecer solo querían decir su verdad y estallar, como si sus vidas dependieran del mero hecho de la enunciación de sus gritos. A veces, el estruendo de las voces era tal que ya no podía hacerme el desentendido; entonces los personajes en mi cabeza me hacían levantar en medio de la noche invernal y a las tres de la madrugada tenía yo que escribir lo que ellos iban a dictarme. Como autor yo solo recibía algún alivio cuando terminaba de plasmar por escrito el mensaje de los personajes más agresivos. Solo después me permitían descansar un poco, pero yo sabía que los personajes permanecían de pie en la violencia de aquella cola metafísica hasta que les llegara su turno para hablar, o sea, para reventar. Cuando terminaba de escuchar, recoger y escribir la exposición de una de aquellas voces, esta parecía calmarse. Sus gritos aún continuaban, pero ahora desde la página mecanografiada, no ya desde mi cabeza. Entonces comprendí que el nudo de voces era una hinchazón que yo debía evacuar con cierta frecuencia para aliviar así la enorme presión craneana o de lo contrario, el dolor acabaría conmigo.

Y así salió este libro, a deshoras, en medio de grandes desvelos, sin pretensiones de ningún tipo y sin la menor expectativa, obedeciendo únicamente el agónico clamor de unas voces que se habían adueñado de mí y que exigían su materialización fuera de mi cabeza y su relocalización física aunque fuera en lo textual. De no haber cumplido con las demandas de las voces, de seguro que habría enloquecido.

Cuando transcribí el último clamor, sentí un vacío en mi interior que me pareció igualmente devastador: volví a ser el joven de 23 624 años que por entonces era. Y sentí también todas las angustias de mi condición de refugiado cubano en suelo norteamericano, angustias que eran de la misma naturaleza que la de las voces en mi interior.

Con el paso del tiempo y una vez publicado este texto endocrino, me ha ocurrido con *Al norte del infierno* lo que le ocurría a Alejo Carpentier con su *Écue-Yamba-Ó*: me ha dado por huir de mi texto, por lo que apenas lo releo. Carpentier rechazaba su texto primigenio porque, según él, este le parecía inmaduro. No me parecen sus razones muy válidas. El texto solo se hace inmaduro a nuestros ojos, porque estamos conscientes de nuestra evolución física e intelectual. Pero el texto permanece congelado en el tiempo, almacenando dentro de sí los códigos de nuestra identidad en el momento de la creación. Las razones de mi rechazo son otras: el libro me hace recordar un doloroso capítulo de mi vida que no quisiera volver a padecer: mi salida de Cuba por el éxodo del Mariel, Aunque apenas releo las viñetas que integran *Al norte del infierno* estoy feliz de que exista tal y como es, tal y como me lo dictaron sus voces, sus personajes, los más auténticos de cuantos han invadido mi mente.

Hace algún tiempo, un amigo poeta me hizo ver algo extraño en *Al norte del infierno*: «los personajes están en el aire, me dijo, no tienen un espacio donde asirse, no tienen una plataforma que los recoja, no cuentan con un *setting* demarcado o descrito por el narrador donde la acción del argumento se desarrolla. Tras meditar sobre la inteligente observación de mi amigo he llegado a la conclusión de que tiene toda la razón: el libro no se detiene en la formación de un espacio literario donde los personajes puedan existir. Pero no lo tienen porque los personajes no lo necesitan, porque ellos no son sino gritos, voces, *willies*, ánimas que revolotean y explotan bajo el cielo insular de mi memoria, en la ingravidez, en el estupor de una época malsana. Este es un libro donde el espacio literario lo edifica el lector (no el narrador) a partir de los discursos que emiten, desde la textualidad, las voces.

A pesar de que este texto no ha seguido los parámetros considerados prestigiosos o canónicos, *Al norte del infierno* ha tenido una verdadera carrera triunfal. Y ha sido así porque la literatura no es una disciplina fácilmente encasillable, ni funciona de un modo único, sino que prioriza su gran objetivo: echar un poco de luz, aquí y allá, sobre el hombre y su tragedia. Por ello es que, a mi juicio, *Al norte del infierno* ha cosechado triunfos que sobrepasan mis propias expectativas: porque su razón de ser ha sido exponer la furia, la miseria, la desesperanza y el anónimo martirio de unas víctimas con quienes una época y unas circunstancias se ensañaron en sus individualidades. Para nada cuentan aquí las fórmulas literarias, ni los modismos, ni siquiera el autor. Si para los estructuralistas solo importa lo textual, este es su libro idóneo.

Gran parte de la crítica que se ha acercado a este libro considera que uno de sus grandes valores es su apabullante actualidad. *Al norte del infierno* no es un libro de tesis, ni de protesta, ni siquiera de reflexiones: es un libro donde sus personajes-voces solo quieren que alguien los escuche. La actualidad del libro se debe a la postración del contexto histórico y sociopolítico que generó las víctimas aquí tratadas: la tiranía castrista que desde la segunda mitad del siglo XX asola a mi país, ese hermoso archipiélago bañado por las cálidas aguas de la corriente del Golfo y por la enceguecedora luz tropical pero dominado también por la miseria, el estalinismo y la estupidez.

Ojalá que el libro pierda toda esa vigencia que siempre lo ha caracterizado. Ojalá que, dentro de poco, los acontecimientos que se narran en la obra sean algo del pasado. Le pido a Dios que así sea. Porque pertenezco al grupo de los que consideran que la literatura no es más importante que el hombre.

Miguel Correa, Weehawken, 2018

CON EL OLEAJE EN LA MIRADA[**]

Existen (por lo menos) dos tipos de buena literatura. La que se desprende de un quehacer literario riguroso y disciplinado, de un talento ordenado y lúcido; esta suele producir páginas límpidas, hermosas, sosegadas y hasta suntuosamente desoladas. La otra, la que verdaderamente cala y permanece, abarcando las cualidades mencionadas, nos inocula, además, como un virus contra el que no hay contraveneno, el fulgor de la maldición, la furia torrencial e indetenible del condenado. Creo en esa literatura que hace trascender nuestras propias humillaciones, magnificándolas. Y a la que solo se puede llegar - disfrutar- por medio de la inteligencia del alma y -quizás- de la complicidad histórica.

Al norte del infierno, de Miguel Correa, posee esa rara cualidad de hacer que mientras lo leemos olvidemos que estamos leyendo un libro. La inminente autenticidad de sus personajes, su lenguaje, su mundo, sus gritos, van más allá de la esmerada crónica o del

---

[**] Prólogo a la primera edición.

brillante ejercicio literario, el libro construye un universo donde la barbarie y lo absurdo forman parte de la vida cotidiana; son esa vida.

El lenguaje es desasido y agresivo, rítmico y delirante, coloquial y filosófico; poético siempre. Acosados y desnudos, los personajes -o el personaje- no tienen otra canción que entonar que su propia miseria; la palabra constituye aquí la única salvación, la única arma, la suprema rebeldía. Y aun esa misma palabra se hace clandestina, susurrante, mascullada entre altisonantes discursos oficiales (a los cuales hay que aplaudir) e inapelables llamadas para el corte de caña, para el servicio militar obligatorio, para las campañas coloniales en otros continentes o para la incesante asamblea... Aquí hasta la libertad del movimiento ha sido abolida, solo quedan, pues, susurros quejumbrosos, maldiciones entre dientes, discretos y desesperados pataleos. Este libro es la queja, entre infantil y patética, de todo un pueblo en medio ele un escenario acorazado y de un terror (una vigilancia, un arte de delatar) que nos hace desconfiar hasta de la ropa que llevamos puesta o del árbol más cercano.

El sentido del humor, en medio de las situaciones más siniestras, hace que esta obra oscile del coro griego al punto guajiro, otorgándole una cubanidad trascendente.

Es también el libro del desarraigo, además del de la represión. Una vez escapados del infierno, ese sitio que tanto amamos y del cual hubo que salir huyendo con riesgo de nuestra propia vida, se llega -los que tuvimos la suerte de llegar- a una especie de limbo. Espacio donde ya no hay presidentes de comité que acechen ni libretas de racionamientos para nuestro estómago y nuestros sueños, pero donde somos como sombras proyectadas por un cuerpo, ay, y por un alma, que se quedaron allá, varados (quizás para siempre) a una esquina, una playa, a un pinar o una calle -todo impregnado por la vigilancia, pero también por nuestra vida.

El libro nos muestra dos aspectos aún casi inexplorados por la literatura cubana: la vida de un pueblo amordazado y confinado, obligado a aplaudir mientras secretamente reniega, y la vida de esa misma gente una vez que ha logrado abandonar aquel sitio y comienza la no menos árida odisea del emigrante. Todo esto nos es contado con un desparpajo y una frescura aérea y juvenil, intuitiva. Es la frescura, el genio, de un narrador en quien la experiencia desgarradora que maneja y lo forma no lastima su imaginación, sino que le sirve de acicate y estímulo.

Obra imprescindible tamo para los que quieran conocer la actual realidad cubana -escrita por quien sí puede hablar de ella por ser un producto de la misma- como para los que deseen disfrutar del talento de un autor que supo combatir (él solo sabe a qué precio) el terror minucioso y la perniciosa nostalgia con la resistencia creadora.

Reinaldo Arenas

DISCUR-S-O-S

Distinguido camarada Leonid Brézhnev:
Delegados de los partidos que nos visitan:
Invitados de honor:
Compañeras y compañeros:

Hoy (aplausos) conmemoramos un aniversario más (aplausos) del (aplausos prolongados) asalto al Cuartel Moneada (aplausos incesantes, jadeos, silbidos, chirridos metálicos). Y hoy (¡¡viva viva!!) nos reunimos una vez más en esta histórica plaza de la revolución (abejorreos, un humo) para honrar (ay, qué sol) la memoria (ay, voy a coger un tabardillo) de los mártires caídos en el asalto (¡que vivan que vivan!) (¿no ve que ya están caídos, señora?) al glorioso (ay, qué calor) al gloriosísimo (ay, me achicharro) al archigloriosísimo (ay, pinga) Cuartel Moneada (ay, si pudiera coger una sombra en ese cuartel). Un día como hoy (¡¡sí, el día era como el de hoy!!) pero de 1953 (¡viva viva!) un intrépido grupo de jóvenes intrépidos (in-tré-pi- dos-in-tré-pi-dos-in-tré) tomó sorpresivamente (ni agua hay por todo

esto) el Cuartel Moneada. Todos sabemos (¡¡todos todos!!) que esa fecha (a Bejucal tengo que ir yo apenas
se termine esto) marcó el inicio (a forrajear) del final
(sí, al final de esto es que voy a Bejucal) de la dictadura
batistiana (¡¡Fidel fidel fi fi fi fi- del!!). Y hoy (ovación,
se levantan consignas, un escarceo en la cola del agua)
tenemos a esos mártires aquí con nosotros (¡¡a los yan-
quis dale duro!!) en esta misma plaza (¿trajeron a los
mártires?) porque ellos (¡sí, aquí mismo están!) viven
en el corazón (ay, qué peste) de todo nuestro pueblo
(viva la amistad cubano- sueca, dice un cartel). Y no
solo (¡¡no no solo!!) los honramos aquí en esta histori-
ca plaza (¡no no no no no!) sino también (¡en el corte
en el corte!) sino también (¡en la fábrica en la fábrica!)
sino también (un murmullo de desconcierto) (un silen-
cio) sino- también-en-otros-países-que-han-solicita-
do-nuestra-ayuda-desinteresada (lloriqueos, gestos de
disculpa, arrepentimiento). Y así es como se honra a un
mártir en nuestra patria socialista (¡¡¡sí, así!!!) siendo
mejores cada día (Yuya, yo estaba aquí desde que esto
empezó) en el trabajo (lo que estaba por allí cogiendo
una sombrita) en los estudios (póngame la asistencia)
en la defensa (¡en la defensa!) y en nuestros deberes in-
ternacionalistas (vítores, matracas, gritos de «a los yan-
quis dale duro»). Y las estadísticas revelan que hemos
honrado a nuestros mártires (¡vivan las estadísticas!),
que somos un pueblo austero (ay, mira qué aurero).
Aquí tengo las cifras (yo me voy a sentar aquí mismo)
que son las que mejor hablan (ay, no puedo más) y que
son a las que más temen nuestros enemigos (avísame
cuando haya que aplaudir). En los meses de mayo a
octubre (¿de dónde saldrá esa peste?) la producción de
leche (disculpe, señora, le quiero hacer una pregunta)

se triplicó en un 25 por ciento (¿usted no sabe dónde yo podré conseguir una taza de inodoro?) en comparación con el año pasado (¿nueva?) o sea que nuestros niños podrán tomar más leche que el año pasado (conque descargue basta). La producción de plátanos se duplicó casi en un 100 por ciento (se salvaron los rusos) y la de cebollas (ay, qué bueno, cebollas, porque yo no veo una cebolla desde 1970) alcanzó la cifra de 50 mil arrobas (¿y cree que las verá ahora?) o sea 49 mil arrobas más que el año pasado, o sea cinco veces más cebollas que las que teníamos en el pasado quinquenio (eso significa que las verá cinco veces menos). La producción de huevos (¿usted cree?) aumentó en un 50 por ciento en comparación con el semestre pasado (ay, huevos) y la de troncho ascendió en un 80 por ciento (¿será el troncho sin peste?). O sea que los compromisos del Congreso se han cumplido al pie de la letra (¡¡al pie al pie al pie!!) y las metas que nos fijamos se han sobrecumplido con amplio margen (ay, qué bueno, no ha mencionado la macarela; seguro que no lograron capturar tanta cantidad). Y la macarela (un murmullo, vómitos), sí, porque nuestro pueblo se siente orgulloso de comer macarela (aplausos) ¿no está orgulloso nuestro pueblo de comer macarela? (ay, sí, tan rica) pues la producción de macarela se ha incrementado en un 150 por ciento (¡¡más macarela más macarela más, Fidel!!) o sea que nuestros estudiantes y todo nuestro pueblo comerá mucha más macarela que el año pasado (hablando de macarela y yo con la jaba llena) y la podrá obtener por la libre (qué casualidad, tengo este cartucho lleno de macarela). Porque la macarela es un producto muy alimenticio (ay, la peste) y además, viene de nuestros mares (no sé si la huelo o si la siento). La producción de papas alcanzó las 500 mil arrobas (ay, la peste viene de los baños públicos) o sea tres veces superior a la del año pasado (o de esta macarela que se me está pudriendo). Estas cifras indican (un molote se forma frente a los baños públicos) que nuestros obreros (¡¡viva viva!!) han trabajado con tesón y con una alta conciencia (el molote se ha hecho mayor frente a los baños públicos). Ese tesón conque nuestros obreros han trabajado revela que nuestros obreros han cambiado aquella mentalidad de consumidores por una mentalidad nueva (¡que viva nuestra nueva mentalidad!), por una mentalidad de productores (una gran agitación en los baños públicos). Y así también honramos a nuestros mártires, elevando nuestra base económica (levantan al fondo una enorme pancarta que dice «seremos como el Che») deteriorada por una secuela de gobernantes entreguistas (el molote frente a los baños públicos ha tomado dimensiones masivas). Conocemos nuestras deficiencias (el molote ha sacado de los baños públicos a un joven de la raza negra) y luchamos por erradicarlas, porque si no luchamos por erradicar esas deficiencias de hoy (el joven negro es trasladado en hombros por toda la plaza) no llegaremos jamás a la sociedad comunista a la que aspiramos (el joven negro está siendo apaleado en medio de la plaza) y a la que sin duda llegaremos en un futuro no muy lejano (gritos del joven negro que está siendo apaleado). Y no crean los imperialistas (¡ni matándolo paga este cabrón lo que ha hecho! se oye) que nos van a intimidar con sus campañitas contra la revolución (¡maricón!) porque la revolución es ahora más fuerte (¡ni meándolo paga!) y más internacionalista (en vez de estar oyendo el discurso, se oye) y más hermosa (te mereces que te mate, so puta) y más revolucionaria (porque tú has ofendido al pueblo entero) y más marxista-leninista (para que respetes a los hombres) y más, más cómo diríamos, más linda (¡descarada!) y más varonil, más regia, más rígida, más rara (¡cállate!) y más desenvuelta (¡déjale de puterías!) y más *pop* (¡al rabo se me tiró en los baños públicos!) y más abnegada de abnegada tú no tienes nada y más quisquillosa y rubia yo estaba orinando en una esquina y este diablo velándome el sable (seamos más materialistas) y yo lo dejé a ver si se tiraba (más lánguida) y empezó a recular hasta que lo cogió (una revolución más ingrávida, más civilizada) y también cogió la trompada (yo diría ahora que nuestros niños sean como los pepillos del Vedado) espera que la policía llegue (y hasta más dichosa) que yo te voy a hacer un cuento (más saltarina) que nos has vendido a todos como pescado en lata (más tolerante y tórrida) pajarona (sobre todo más africana) como están las mujeres aquí que se regalan (y más pura) ¡y más nada! Ya has hablado demasiado (llega la policía) (¡y más luminosa! grita) (¡y más lubricada! grita) (la conducen hasta la perseguidora) (¡y más emborricada! grita) (un desorden general reina en la plaza) (¡y más pintorreteada! se oye desde lejos). (La plaza empieza a quedarse vacía).

NO MIRARÁN PARA ARRIBA

No mirarán para arriba para que no se den cuenca de que va enganchado de la pata de esa aura. Porque si lo descubren, lo derriban con aura y todo. Lleva tanto tiempo tratando de fugarse, el pobre, tratando de irse del país, de este país, que ya yo lo que quiero es que acabe de llegar a algún sitio, adonde sea; pero que llegue y se quede quieto un tiempo, que estoy segura no será muy largo, porque ya lo que él tiene es una manía de fugarse y se fugará otra vez; volverá a hacerlo siempre, se fugará de todos los países y volverá a este de nuevo, que es del que más difícilmente la gente se escapa. ¿Qué se hará en esos países donde puede salir y entrar sin necesidad de escaparse? Porque lo que él necesita es eso, que no lo dejen irse, para que vean cómo se va. Lo veo que se morirá de tristeza en esos países, con ese en- tra-y-sale. Ya trató de escaparse de este país subido en un manatí y los cogieron, también al manatí, y los condenaron a cinco años de prisión. Lo que la gente no lo sabe, pero ese manatí que hay en el acuario era el que se iba del país con él y allí lo tienen sentenciado. Porque ya él no va a dejar esa manía de irse a los países. Ni él ni el manatí. La última vez que lo sentenciaron se escapaba de la prisión, o sea del país, camuflado entre unas aves que también se iban. Eran aves migratorias, de esas que les llaman migratorias, pero que saben mucho: se van de los sitios apenas estos empiezan a ponerse malos. Pero hasta a ellas ya les han salido al paso aquí. ¿Tú has visto alguna de esas aves que les llaman migratorias por aquí? No las dejan entrar ni salir del país. Las que no se fueron cuando podían irse, ya no son migratorias; ahora son aves iguales a las demás aves, de recorridos cortos, siempre dentro del territorio nacional. Si las agarran tratando de irse del país, las matan. Pero ahora no mirarán para arriba, a ver si es que puede irse en la pata del aura. Yo creo que pueda, porque esa aura va volando alto y apenas se distingue desde aquí que él va enganchado de su pata. Y pueden confundirlo con un mondongo que el aura lleva a otra parte, si es que el aura ya no lo denunció y lo picoteó todo ya, y ese no es otro mondongo que su mondongo. Porque aquí hasta las alimañas más repugnantes cooperan, echan para alante, echan para atrás, denuncian, espían, informan, delatan sin compasión, chismorrean, le sacan a uno lo que uno no quiere decir. Pero no solo los bichos delatan; también los árboles y las piedras que parecen mansas, los delicados arroyuelos delatan a dos manos, los frutos delatan, las flores son terribles espías sin sueldo, espías voluntarias. Aquí sí que hay que tener cuidado. Una cotorra es ya un agente de la Seguridad del Estado. Informan a toda hora. Y lo dicen todo. Informan las muy putas. Todo lo dicen; llenan reportes y actas mientras uno duerme. Por eso ya no siento ningún amor por la naturaleza, toda ella es cómplice, toda ella informa, toda ella coopera con ellos. Por eso, cada vez que pueda quemar una manigua o pueda matar un ratón, un ciempiés, una oruga; o pueda cerrarles las cuevas a las arañas; o pueda tirar un seboruco en el arroyo para desecarlo; o pueda echarle trinina a los perros, a los gatos, a los pájaros; o pueda ahogar una jutía en su tronco; o pueda trozar las lagartijas por el mismo medio; o pisotear las hormigas -las peores informantes-; o pueda guataquear toda la hierba que crece en los alrededores de esta casa, pues lo hago y se acabó. Yo sí que sé que aquí todo espía, a toda hora, en todo momento, de día y de noche, en cualquier tipo de actividad en que te encuentres sumergida. Informan de todo, lo mismo de la cena que del funeral, lo mismo de la risa que del llanto. Como si no haces nada, también espían, informan, llenan papeles, archivan, clasifican, te enumeran. Hasta yo he informado en repetidas ocasiones. Esta blusita que ustedes ven aquí, tratando aparentemente de cubrirme el lomo, ha informado infinidad de veces. Por Dios que ha sido ella. Yo bien lo sé. Lo que pasa es que yo tengo que seguir usándola, para que se crea ella que yo no lo sé, para que se crea ella que yo soy boba y lo siga haciendo. Si la destruyo como yo quería al principio, a lo mejor me hubieran puesto un espía más sutil, uno que yo no supiera ni de dónde me velaba, y que ni pudiera despistar ni deshacerme de él, como una mano o mi propia nariz. Pero yo me entero de rodo, porque, como mismo ellos espían, también nosotros espiamos y tenemos agentes entre ellos, que nos dicen lo que dicen los agentes de ellos entre nosotros. Esa es la suerte. Porque aquí todo puede ser un informante. Positivo fue que un pantano que había frente a la puerta de Cicura lo delató de que había vendido un racimo de plátanos a uno que vino de las mismas quimbambas. El pantano lo informó y vinieron al otro día y le quitaron la tierra. A los pocos días nos enteramos con uno de nuestros contraagentes entre ellos, que no voy a nombrar aquí por razones de seguridad, que había sido el pantano que estaba frente a la puerta. Cicura le echó petróleo y lo quemó, pero ya el daño estaba hecho. Por todo esto es que yo desconfío hasta de esa aura que se lo lleva a él enganchado de su pata. Ojalá llegue, el pobre, ojalá llegue vivo, aunque a él le da lo mismo llegar vivo que muerto. Dentro de poco lo verás por aquí otra vez, no porque no haya llegado sino porque regresará para poder escaparse nuevamente. Eso es una manía. Cuando la gente la coge, ya nunca más la suelta.

NO IREMOS AUNQUE DIGAMOS QUE SÍ

Esta noche hay una reunión. No debes faltar. Van a tratar el problema de la fábrica de queques de Remedios, que hace más de dos meses está parada. Ya le trajeron la materia prima, las demás materias, las materias exclusivas que así las llaman, exclusivas, porque exclusivamente las fabrican fábricas especializadas en el mundo del queque, y nada. No hace queques. Ya han sustituido los administradores muchas veces y la fábrica sigue aquecada. Le trajeron las piezas de los países socialistas, de los demás países, de los países que se ocupan de fabricar las piezas de las quequeras, y nada. No hay un queque para remedio. La han engrasado, la han desengrasado, la estiran, la encogen y en ese período van cambiando los administradores varias veces al día y la fábrica ni se da por enterada. Más de dos meses llevamos sin queques. No dejes de ir. Van a dar cajitas y agendas. En la reunión pasada repartieron lapiceros; hubo ciento por ciento de asistencia. En esta, con esas cajitas y esas agendas, debe haber ciento cincuenta por ciento de asistencia. ¡Con las ganas que yo tengo de tener una agenda! Voy a llevar al niño para que él también coja. Lleva los muchachos de Emilia que son como siete, así coges siete cajitas y siete agendas. Después que yo tenga mi agenda, como si la reunión dura toda la noche y todo el día. Total, en este pueblo no hay mucho que hacer por las noches, ni por los días. Por lo menos allí nos entretenemos, vemos otras caras, oímos otras voces, decimos algo de la fábrica de queques, y ya, solo por eso, por esa bobería, por ir nada más, nos dan una bella agenda. Si nos ponemos dichosos nos dan un almanaque de este año. En una reunión que hubo en Fomento el mes pasado dieron pulóveres. Yo no puedo decirte lo que fue eso. Yo no podría decírtelo. La gente de Trinidad en camiones, en carretillas, cogiendo botellas, enganchados en tractores y en grillas. Yo me enteré demasiado tarde. Pero de aquí fue casi todo el mundo. Dieron un pulóver blanco con un letrero rojo que decía «La CTC, eso eres tú». Al otro día no podíamos diferenciar a nuestros propios familiares en el pueblo. Todos lo llevaban. La CTC, eso eres tú. La CTC, eso eres tú. En todas partes el escrito. Fue el día que cogieron preso al hijo de Tomasa, porque dicen, dicen, a mí no me lo creas, que sacó un pulóver rojo que le mandaron de afuera, que decía en letras blancas: «Ja-Ja, eso eres tú».

Pues así Ríe. No lo olvides, a las ocho y media, en el círculo social. Si te citan del Comité, no vayas. A esas reuniones sí que yo no voy, ni nadie en esta casa va. Allí no dan nada, quitan. O sea que, aunque nos citen y nos prometan que van a dar, no vamos, aunque digamos que sí. Ya bien sabemos que no van a dar nada, ni figuritas. ¿Para qué son tantas reuniones? Para eso me quedo en la casa, que sé que nadie me va a traer nada de ninguna parte. Solamente iría si me enseñan la agenda, aunque sea de lejos, pero que yo vea bien claro que es una agenda de verdad, o un lapicero, o una cucurra, o una cacharra, o una lata de espán, o un pescado, o cualquier cosa, pero que motive a uno. Solo así es que iría. De lo contrario, que conmigo no cuenten. Que yo termino muerta de trabajar para meterme esas peroratas sin obtener nada. De eso nada.

UN CONTACTO BIEN PARA ARRIBA

Necesitamos un contacto bien para arriba.

Aquí todo el mundo tiene sus contactos, y nosotros también, pero el que necesitamos ahora es uno bien para arriba. Aquí todo el mundo los tiene bien para arriba, pero a nosotros nunca nos hizo falta uno tan elevado; nunca nos vimos necesitados de una cosa tan alta.

Y nunca nos ocupamos.

Y dejamos eso de la mano.

Y la gente nos lo decía.

Y yo lavando.

Y yo moliendo harina.

Y dejándolo todo para mañana.

Y mira tú ahora.

Y yo creyendo que con Ofelia era suficiente, porque nunca nos íbamos a ver envueltos en estos líos.

Y mira tú ahora.

Y yo moliendo harina.

Y aquello no me dejaba molerla como era.

Y esa idea viniendo a trastearme la cabeza.

Yo sabía que era necesario.

Porque las cosas aquí se complican en dos días.

Y mira el coartazo que nos han sonado.

Y nosotros sin esa conexión indispensable.

Y todo pasó por esta avaricia mía.

Porque aquí los contactos hay que abastecerlos con lo que uno tenga; hay que mandarles los sacos de arroz, los frijoles, las viandas, el pollo. Porque si no retiran su ayuda. Y yo no quería regalar esas cosas así como así, con el trabajo que nos cuesta cosecharlas. Y lo que hacía era que las vendía a sobreprecio. Pero yo las vendía por dinero, para poder vivir distinto aquí, para poder alumbrarnos, para poder ser gente. Y no me daba cuenca de que el contacto se hace también a sobreprecio. No me daba cuenta de que ellos venden su posición como mismo nosotros vendemos los frijoles: a sobreprecio. Una carpeta de ministro aquí tiene su valor exacto en sacos de frijoles.

Y yo torpe; sin darme cuenta de las cosas.

Soñando con tener un quinqué de camiseta.

Y no quise hacer negocios con los de allá arriba.

Y yo ciega, viendo a oscuras.

Creyendo que con Ofelia era bastante.

Y es que Ofelia no es más que una sencilla presidenta de comité, encargada de un caserío allá en el pueblo, de vigilar diez casas y de llevar extraños papeleos.

A Ofelia también la vigilan.

O la vigilan más que a nosotros.

Y a la persona encargada de vigilar a Ofelia también la vigilan.

Y a esta otra persona también.

    y a la otra

    y a la otra

    y a la de más allá también.

Pero todos estos vigilantes, que a la vez son vigilados, todos tienen sus contactos bien para arriba. Y muchos de ellos no tienen ni lo que nosotros tenemos. Muchos se están muriendo de hambre y, sin embargo, mantienen sus contactos en actividad durante todo el año.

Rufia, la mujer de Yolo, tiene un contacto horroroso en el Comité Central.

Y Rufia no tiene tierras.

Y Yolo es más haragán que un horcón.

Y allí nunca hay un frijol (el oro vegetal).

Y tienen un contacto tan para arriba

Que puede sentarse a pedir.

Pero Rufia es manicura y brujera.

Y con ella se atiende la esposa del ministro de Hacienda.

Y rara es la semana que esa señora no se aparece allí.

Y Rufia la atiende antes que a las demás personas.

Y le manda sus recetas.

Y la mujer viene desde allá tan lejos hasta ese pueblo.

El Berro, que es donde Rufia y Yolo viven.

Y nosotros con lo más importante aquí, y sin una trabazón que valga la pena.

Y sin saber del mundo

nosotros aquí.

Y acostándonos apenas oscurece

nosotros aquí.

Y pariendo vejigos todos los años

nosotros aquí.

Y pariendo vejigos machos

nosotros aquí.

Y esa ha sido la desgracia mayor que nos ha caído.

Porque si nosotros no hubiéramos tenido hijos varones, no hubiéramos necesitado ningún contacto.

Por eso las mujeres de aquí abortan tanto, por temor a que el hijo les salga varón. Porque eso significa ya, desde el momento que nacen, una de las cacerías más horrorosas.

Y este hijo que nosotros tenemos es el que ha puesto todo tan malo. Y no por nosotros no advertirlo, porque eso es lo único que se hace en esta casa.

Y nosotros perdiendo el tiempo con él.

Y él queriendo cosas que aquí no hay.

Y él soñando con irse a otros países.

Y queriendo saber lo que dicen esos viejos por la radio de afuera.

Y yo detrás de él: aquí nadie

Ha querido nunca irse a otros países. Ni hemos

Querido oír lo que dicen esos viejos de afuera.

Aquí nunca ha pedido nadie cosas que no sabemos

Lo que son.

Pero él nadó con esa matraquilla. Desde que lo vi como venía, me di cuenta de que venía con miles de dolores de cabeza.

Y nosotros abriéndole los ojos desde que era niño.

Y míralo ahora.

Y míralo ahora.

Lo han detenido

Y lo sacaron de los estudios

Y ahora seguro que lo coge el servicio militar. Porque a él lo vienen fichando desde hace mucho tiempo.

Y yo se lo decía.

Y yo moliendo harina y diciéndoselo.

Y yo lavando ropa y diciéndoselo. Y yo restregando y diciéndoselo. Y el inocente soñando en vida. Y yo; de ja esas boberías. Y él; qué quieres que haga, que en to das partes la gente hace estas cosas y son normales.

Y yo; deja eso, qué te importa a ti lo que dicen o ha cen esos viejos en otras partes, que eso aquí a nadie le interesa, que el viejo no va a venir a salvarte cuando te aprieten el nudo.

Y él; déjame en paz, déjame quieto ya, que lo que yo quiero es escribir.

Y yo; ay, hijo, deja eso, deja esas escribideras, que a nada bueno conducen. Déjales, que aquí en esta casa nadie ha escrito nada ni ha oído nada, ni ha soñado con ver ningún país y aquí estamos todos vivitos; no nos ha pasado nada. Yo estoy como si hubiera acabado de llegar de todos los países.

Y él; si me siguen jodiendo me voy del país, cállate y déjame en paz.

Y yo; ay, hijo, el que por su gusto muere que el cielo le sepa a gloria.

Y él cada día más revuelto en escribideras y en lecturas infinitas. En esta casa que nadie lee ni el periódico y él escribiendo y leyendo a dos manos. Y yo atajando. Y yo quemándole todo lo que pudiera comprometerlo. Y él invitando gente a la casa para leerles cosas. Y a todo el que llegaba, él, «una estrofa, una estrofa». Y leía un mamotreto que nadie entendía. Y seguía leyendo estrofas todo el día, si es que yo no pasaba y le retorcía los ojos para que se diera cuenta. Y a veces ni se daba. Y yo en la batea sin poder concentrarme en lo que lavaba, porque ya él había empezado a leer cosas a aquella gente que ni él mismo conocía. Y yo muriéndome del miedo allá en la batea o moliendo harina. Y desde allá lo sentía como él se embalaba y yo rezando que acabara rápido; y él, pápápápápápápápápá, lee y lee, y yo afuera rezando que acabara ya y velándolo a ver dónde guardaba aquellos panfletos para quemárselos. Y yo haciendo promesas y él en otra cosa, ido del mundo. Y ya no lo entendíamos cuando hablaba, de la cantidad de palabras raras que utilizaba.

Y yo aterrada. Y él escribiendo más. Y yo prendida de todos los santos y las vírgenes. Y él velándome a mí. Y yo velándolo a él.

Y míralo ahora. ¿Cómo no vienen los viejos que él escuchaba por la radio a ayudarlo ahora? Porque desde allá afuera todo el mundo grita; y eso era de lo que nuestro hijo no se daba cuenta, de que él estaba adentro. Y mira ahora dónde lo tienen. Y fíjate si es inocente, que dice que no le importa. Y nosotros vueltos locos, tratando de buscar un contacto que nunca hicimos. Porque ¿para qué vamos a pagar un abogado? En nada se comprometería él. Porque un abogado no va a decir que este niño es un infeliz, que no sabe lo que está diciendo. Eso le puede costar al abogado más que su carrera. Por eso yo digo que lo que hace falta es un contacto bien para arriba, que son los únicos que resuelven estas cosas complicadas. Esta tarde vamos a casa de Ruña, a ver qué nos dicen las barajas. Le llevamos dos arrobas de frijoles tiernecitos. A lo mejor podemos utilizar su contacto. Que Dios nos ayude y nos favorezca.

UNIVERSO: CAGUAYO

Y esta resignación de pequeñas alegrías, de pequeños escenarios, de minúsculas empresas, con su risilla tonta, con su provinciano dejo. Porque de antemano sabemos que las grandes acciones, los titulares de los periódicos, la intensidad de la vida, los descubrimientos, ese impulso humano por hacer algo meritorio o grandioso, el arte, el éxito, la cualidad personal que nos diferencia de los demás o simplemente la posibilidad de hacernos notar a través de esa cualidad, con el carácter, con una mano llena de sortijas, con tres plumas de avestruz, en un viaje despavorido por las islas de ultramar, en la caza de un dragón legendario o en el regocijo de mostrar la cicatriz que me dejó una trampa de hienas en una de las piernas mías y no en una de las tuyas; esas posibilidades para justificar el tiempo, para justificarnos, para decir que vivimos, que la vida nos presta su atención; esas posibilidades, esas, no nos han sido -ni nos serán- conferidas. Y esa es esta vida zonza que llevamos, aplaudiendo otra vez, soñando con que llegue el martes para coger el picadillo, dándonos rabietas, pensando en un futuro que jamás se hará presente, y el polvo y la manigua y el atraso, y las noches interminables y el tedio denso filtrándose siempre, y las apariencias, y la risilla tonta, y los días idénticos y la desesperación, y no poder movernos, y las estaciones de radio de otros países entrando y hablando, fastidiando y hablando, hablando de la vida que transcurre, que fluye de alguna forma, cruel o feliz; pero llena, repleta de cosas, de tragedias, de acontecimientos cada vez más nuevos, de gente que grita y reclama derechos, de nuevas fórmulas para estos tiempos. Y nosotros aquí, detenidos, sin pulso, en esta mortandad, sin nada que ver con los adelantos de la ciencia, recortando las láminas de las revistas, guardando una envoltura de chicle, escribiendo cartas a remotos parientes que escaparon a tiempo y que por tanto envidiamos. Y allá, encaramados en sus tarimas, ellos, los ídolos, los que hacen las revoluciones o imponen la moda, o matan un caballo con una mirada. Para ellos el sentido, aunque sea un sentido quimérico y bárbaro, pero que justifica plenamente la vida, las vidas de ellos, en su forma individual. Porque esa necesidad que tiene el hombre de buscar su identidad, su sentido, para dejar algo a las generaciones venideras, esa nota indispensable, ese ticket que prueba que participamos en el banquete de la vida, esa mata de higueretas que sembramos una vez y que perdurará en el tiempo; esa tremenda necesidad, lo perpetúa, lo eterniza, evita que desaparezca un día y para siempre, lo mezcla acaso con los líquidos del infinito. Y ese billete tampoco lleva nuestras señas. Ese pasaje para el tiempo tampoco nos ha sido reservado. Nuestra función es juntar las manos, estas manitas inútiles que tampoco han hecho nada que valga la pena, y aplaudirlos, ampliar el eco de sus hazañas, de sus sacrificios, de sus desvelos. Ellos nos cuidan, tienen la responsabilidad de mantenernos respirando, de responder por nosotros si alguien les pregunta, de firmar por nosotros si en algún papel tuviéramos que hacerlo, de limpiarnos la nariz después del estornudo. Y así son estas viditas que llevamos, tan feas y aburridas, tomando las pastillas a la hora, vistiéndonos de domingo los domingos, con la risilla tonta, desfallecidos, observando cómo truena.

BAJO LA LEY DE LA PELIGROSIDAD

Te ha cogido la ley de la peligrosidad.

Aunque no hayas hecho nada, te ha cogido. Sin lugar a dudas que sí. Sin darte cuenta sería, pero te cogió. Porque para que a uno lo coja la ley de la peligrosidad es eso precisamente lo que hay que hacer: nada. Porque de hacer algo, ya no te coge esa ley, aunque sea la más mínima cosa la cosa que hayas hecho. Te coge el paredón o el presidio por treinta años. Pero no lo cojas tan a pecho; a todo el mundo lo viene cogiendo la ley de la peligrosidad hace muchos años. Pues, como bien sabes, esa ley tiene dos facetas: una activa, que es para los que ya han botado de algún sitio o se han escapado de este; y una pasiva, que es para los que no han botado de ninguna parte todavía, o no se han escapado aún. Pero como tarde o temprano a todo el mundo lo van a botar de sus sitios o se van a escapar de ellos, todo el mundo está bajo la ley de la peligrosidad. Yo no entiendo muy bien ese problema de las peligrosidades, pero dicen que son siniestras. Cuando yo pase de esta peligrosidad pasiva en que me encuentro, a la activa, me voy del país.

Todavía bajo la pasiva se puede estar, porque tú sabes que todo el mundo está bajo ella, que no eres tú solo, que hasta ellos están bajo ella. Pero ya bajo la activa es más difícil. Mira tú, Luciano empezó al revés, por la activa; y luego, al mucho tiempo, fue que vino a pasar a la pasiva. Y allí está bajo la peligrosidad pasiva, igual que todo el mundo. Cuando uno cumple los quince años, que entra en ese momento en que los cumple en una de las dos peligrosidades, a uno le parece que va a pasar al otro día a la otra faceta. No es así. Uno puede pasarse diez años siendo un peligroso pasivo nada más. Y entonces, al cabo de ese tiempo, cuando ya nadie se acuerda, cuando a ti mismo te parece que ya no vas a pasar a la otra faceta, a la activa, pasas. Porque de alguna forma vas a pasar.

Por mucho que te escondas.

Por mucho que te disfraces.

Por mucho que despistes.

Por mucho que cooperes.

Aunque te mueras.

Aunque te dibujes una calavera en la cara.

Aunque te retractes cien veces.

Vas a pasar.

Vas a pasar.

Y no trates de evitarlo, porque es peor.

Ni forcejees cuando vengan a pasarte la peligrosidad porque es peor.

Quédate quietecito y déjatela cambiar. Lo más triste de la peligrosidad pasiva es que de ella nunca se sale. De la activa se sale, pero para caer en la pasiva nuevamente, que dura hasta que te mueras. Es como la ley vitalicia. Pero no te preocupes demasiado; solo estás en una variante de la peligrosidad nacional. Miriam cogió la activa en la playa. Resbaló, se cayó en un pedregal y en la caída le echó una maldición al partido y ahí mismo la cogió. Allí mismo se le acercaron y le pusieron la otra. Que gracias que se quedó quietecita allí sobre el pedregal, con todas las ñáñaras abiertas y despellejadas, porque si se le ocurre decir algo más, no solo le hubieran cambiado la peligrosidad, sino también el sexo. Un señor de Alquízar pasó de pasivo a activo en una cola de refrescos. Llevaba más de una semana en aquella cola para coger una caja de refrescos, y cuando estaba llegando, se acabaron. Gritó. Le dio una cosa. Dijo no sé qué del partido, si era mortal o inmortal, y ahí mismo se le acercaron y se la cambiaron: ya era un peligro activo. Tuvo que conformarse con unos medallones de pescado que era lo único que quedaba. Se quedó sin refrescos y sin la peligrosidad pasiva. Por eso tú, cálmate, que vamos a ver qué pasa. A mucha gente se la han cambiado por cosas más sencillas. Cálmate y coge el paso. Dicen que en la Ciénaga de Zapata hacen falta cazadores de cocodrilos. ¿No te atrae la caza de cocodrilos? Hoy tengo una sofocación con este calor.

UN TELEGRAMA

*Man is the only animal that can be bored, that
can feel evicted from paradise.*
Erich Fromm

Estábamos batiendo la pulpa de frangollo; de lo más
entusiasmados batiendo la espesa pulpa y desparra-
mándola sobre dos hojas enormes de plátanos. Estábamos así; sin pensar en nada más, cuidando que no
se nos endureciera en un santiamén; dándole en todas
direcciones con las espátulas gigantes; quemándonos
los dedos con aquella lava dulce y olorosa.

Estábamos así, poniendo todo nuestro empeño en
el turrón, viendo cómo dejaba de ser melaza para con-
vertirse en turrón. Estábamos así, formando parte del
turrón, cuando de repente y en medio de todo, sin dar
tiempo a desmayarnos, nos llegó el telegrama. Al principio no entendimos nada. No asociamos el mensaje con
ningún hecho real. El olor del frangollo lo cubría todo.
Apartamos el contenido del papel con una espátula y
seguimos dándole vueltas a la mezcla casi endurecida.

Bate más fuerte, más fuerte, que se pega, vierte otro poco en esta orilla. Nos alcanzaban las emanaciones del telegrama tirado sobre un asiento. El olor del dulce se mezclaba con aquella información: debíamos partir, en breves horas, rumbo a África. No sé quién decía el telegrama que reclamaba nuestra ayuda. Para África en unas horas. Raros momentos que tiene la vida. Para el África. Cómo asociarlo todo, cómo desprendernos de una situación increíblemente feliz, hogareña, íntima, para entrar en una tan desconcertante. Había que salir para el África y ya había que dejarlo todo, darnos prisa para no llegar tarde. A ratos, mientras meneaba aquel maldito turrón, me parecía mejor dejar el dulce como estaba, sin terminar, ir al África un momento, matar al que había que matar o que me mataran, pero rápido, en un segundo, y regresar a terminarlo luego. Porque ya el dulce no tenía sentido. Y menos sentido, evitar lo que decía el telegrama. Sentarnos no tenía sentido, ni pararnos, ni dar un brinco, ni probar el turrón endurecido, ni tirarlo por el caño. Ya nosotros mismos no teníamos sentido, ni el telegrama siquiera. Tampoco ya la idea irreversible de marchar al África tenía ningún sentido. Porque nos dimos cuenta de que el turrón, además de ser turrón, es un pasatiempo; de que la reconquista del África también lo es; de que la vida misma es un impulso tremendo para pasar el tiempo y a la vez resistirlo. Porque no era el hecho de obedecer aquella orden rara, ni de rechazarla. No es un problema de mandos, ni de obediencias; es, y ya voy desmelenado a decirlo, el hecho de que somos ligeras marionetas movidas por fuerzas superiores, realmente extrañas, que disponen de todos nuestros sesos, que tiran o tuercen las cabullas, que nos ponen a hacer piruetas para que pase algo, para que hagamos un turrón o nos lancemos de cabeza a la conquista; o sea, para pasar un tiempo trazado por esas fuerzas. Y tampoco es un problema de quedarnos quietos y no hacer nada. Son unos deseos de huir, unos deseos de escapar y no volver a verme. Eso mismo es. Escapar a todo, hasta a Dios. Porque es ya precisamente a Dios al que no queremos. Para nada me interesa lo que él anda ofreciendo, para nada me interesa la vida eterna. Porque ya no queremos ningún tipo de vida, ni en el paraíso ni en el infierno. Lo más terrible de la vida, de esta vida, es su inevitabilidad, con su paraíso o su infierno agazapados detrás de ella. Qué bien nos vendría un Dios que otorgara la dicha de no existir nunca más, que nos convierta en algo que no viva, que no sienta, que no sepa de nada, ni de temperaturas ni de colores, o sea que nos vuelva a llevar a ese punto prenatal de donde nos trajo. Porque me niego y nos negamos aquí todos unánimemente, a llevar los ojos abiertos por tanto tiempo, ni en el paraíso, ni en el infierno, ni en ningún tipo de gloria. Bien que nos vendría.

¿AHORA ESTOY SOÑANDO?

Ahora estoy soñando.

Ahora todo sí que es feo.

Ahora todo es más feo que si estuviera despierto, porque despierto las cosas no ocurren tan aprisa.

Y en este sueño que vengo soñando ahora, las cosas pasan juntas, en un ramplán. Y cuando estoy despierto las cosas van pasando por etapas.

Por eso estoy loco por despertarme.

Me están rompiendo un par de costillas en medio de este sueño. Y hasta me duelen y todo, como si estuviera despierto. Pero yo sé que estoy soñando y que el dolor no es más que una fantasía. Cuando a uno le rompen las costillas en un sueño, estas duelen, igualito que si se las rompieran a uno en la realidad. Por eso demoro en irme a la cama, porque ya sé lo que me espera. Los sueños aquí empiezan a realizarse antes de dormirnos. A veces te atacan en medio de la calle, en la cola de las doce, en el Parque Lenin. Y este sueño traté de evitarlo, traté de huirle; me quedé mucho rato en la cama pensando en un dinero que debo. Y el sueño no esperó a que yo cerrara los ojos; no podía demorar tanto en realizarse. Y empezó a hacerme cosas, pensando él que yo estaba dormido. Y yo, despierto, como ahora, sin una gota de sueño. Y el sueño ya arriba de mí, rompiéndome dos costillas. Entonces abrí los ojos, para que él viera que yo estaba despierto, que debía esperar un poco más. Pero ya él no se detenía, ya me partía dos costillas, estas dos de aquí, y me quemaba la cara con un salfumán que había en el servicio. Entonces me dolía mucho, pero me di cuenta de que no me dolía tanto. Me dolía lo mismo que si estuviera soñando. Entonces traté de dormirme. Y me dormí. Y el dolor era el mismo, lo que ahora era una fantasía. Eso es lo mejor de estar dormido, que a pesar de que a uno le duele lo mismo, uno sabe que es una fantasía y por la mañana vas a tener tus costillas en los mismos sitios, sin ninguna fractura. Pero ahora estoy soñando y estoy resistiendo un terrible dolor. ¡Cuándo me despertaré de este sueño para terminar con este dolor insoportable! Pero, de despertarme, tendría que presentarme en la unidad militar, que mañana tengo una cita a primera hora. Prefiero quedarme en medio de este sueño, aunque me siga torturando. Pero este sueño que yo tengo lo sabe todo y me ha despertado en el sueño y ya estoy en la unidad militar. Nos toman los nombres y nos llevan a los camiones. Olvidé el cepillo de dientes. Ya estoy subido en este camión que nos llevará muy lejos. Vamos muchos en este camión. ¿A dónde nos llevarán? Qué horroroso ha sido este sueño de hoy. La suerte es que yo sé que es una fantasía y que ,en algún momento me despertaré de verdad y tendré el desayuno listo que mamá me ha preparado. Porque uno no puede despertarse de los sueños cuando uno lo desea, sino cuando los sueños lo desean. Y mañana, después que me despierte, tener que ir para esta unidad militar. ¡Qué fastidio! Pero por ahora voy subido en este camión soñando. ¿Será así realmente el servicio militar? Hemos llegado tras catorce horas de viaje sin respirar. Pero no hemos llegado a ninguna casa, ni a ciudad alguna siquiera: estamos en un campo de caña. Nos dan machetes muy afilados para cortarla. Yo no sé cortar caña. ¡Qué sueño este tan terrible! Y tengo que cortar seiscientas arrobas. Ay, yo no puedo. Y el sol que hace en este campo, en este sueño, en estos matorrales. Ay, y la cantidad de hierba que tiene, y la cantidad de caña. Ay, que me despierte, no resisto el sueño de hoy. Ay, despiértame, Señor. Estoy empapado en sudor y no he cortado más que una pila. Yo no puedo cortar más. Yo me siento. Se me acerca un oficial. Me dice que me pare. No me paro, le digo. Me dice que si no me paro en medio minuto y corto todas las cañas, me mete preso. Que me meta, digo. Y me mete. Y ya estoy preso. Y no me dan pase. Y ahora me llevan a cortar caña de todas formas. Y digo que no puedo. Y cuando me meten el bayonetazo, casi sin saberlo, cojo el machete y corto una caña flaca. Y ya vienen a darme otro bayonetazo. Y me lo meten más profundo. Y estoy sangrando. Y el sol. Y las espinas. Y la sangre chorreándome. Ay, que me despierte, Dios mío, que me despierte de este sueño ingrato. Y he seguido cortando más caña porque todavía no he podido despertarme. Y el oficial se acerca otra vez. Y me apresuro y me pongo nervioso. Y me corto un dedo en claro. Y el oficial me dice que fue adrede. Y yo le digo que no. Y me echan más años. Y ya no puedo resistir más. Y voy a hacer por despertarme. Y me empiezo a mover para los lados, como para caerme de la cama y despertarme. Y la gente que hay en este sueño cree que yo estoy loco. Y me ven tirarme en la paja haciendo por despertarme. Y el oficial me levanta del pajerío y yo le explico que lo que yo tengo es un sueño, que me deje tranquilo, que mañana tengo una cita a primera hora en la unidad militar. Y lo que hace es que me lleva para la celda otra vez. Y pasa el tiempo. Y pasan los días con esa lentitud con que los días pasan en la prisión. Y las noches pasan también lentas. Y yo en esta celda hasta que se termine este sueño. Y me voy a dormir en mi litera. Y me acuesto. Y voy a tener un mal sueño dentro de este sueño malo. Y ya me cogió, sin dormirme todavía. Me está partiendo dos costillas. Me viro en la litera; lo espanto. Pero ya no sé si será una fantasía.

TWO T-SHIRTS IN THE SHOP

Hasta que no lo repitas bien, no hay juego. Yo no tengo
prisa; tú dirás cuando estés en condiciones de repetirla
como es. Así que olvídate del sijú y también de la sigua-
pa. De esta casa no sales hasta que no te salga la frase.
El hijo de Clara no solo se sabe esa; se sabe como cien
frases distintas y solo tiene seis años. Ese niño de Clara
trae para esa casa de todo. Él es el que mantiene a la familia. Clara hasta dejó el trabajo. Allí el niño es el que
pelea de verdad. Porque en estos tiempos en que todo
es tan difícil de conseguir, los niños tienen la luz verde.
A los mayores los reconocen en seguida y en seguida
los guindan. En estos tiempos, niño y rey es una misma
cosa. Seis años tiene el hijo de Clara y ya es un hombre. Pero tú nunca lo ves quieto, siempre resolviendo,
aprendiéndose las frases en inglés, persiguiendo a los
extranjeros día y noche. En esa casa no falta un alfiler.
Ese niño nunca fue niño. Cuando empezaba a balbu-
cear los primeros vocablos, Clara empezó a entrenarlo
en los otros, en los realmente gloriosos. Y ahí tienes
a Clara hoy día, subida en zapatos de afuera, en *jeans*

americanos todo el tiempo, fumando cigarros de mentol. Y lo que vende. Con ese dinero resuelve los problemas nacionales. Y tú con diez años en ese lomo y todavía quieres seguir tirando piedras y dando carreras en pelo. Se acabó. Ahora tú vas a hacer por nosotros. A ensayar. A repetir. Tienes que poner de tu parte. Por eso es que no te sale, porque tú no pones de tu parte. No pones. Pon, pon, pon de tu parte. Tienes que ser austero, olvidarte de que el mundo existe. Pero tú eres un pajuato. Un comemierda, Hoy pones, mañana no pones. Como si fuera tanto lo que exijo. El hijo de Clara se sabe hasta trabalenguas ya. Un marinero griego lo invitó hace unos días a tomarse unos tragos en la taberna del puerto. Porque el hijo de Clara se sabe más de cien frases en más de veinte lenguas. Cualquiera que sea la lengua que ellos hablen, el hijo de Clara también la habla. Y ha cogido una experiencia tan grande, que distingue al vuelo a un polaco de un inglés, a un búlgaro de un húngaro, a un ruso de un antropófago. Y tú vas a hacer lo mismo. Empezarás por la frase más sencilla y luego vendrán las grandes. Ni te apures, ni te pongas nervioso. Si ese niño las dice, tú también las dirás. Ojalá tuviera yo diez años como tú ahora, que no estarías viviendo como estás viviendo, ni comerías tantas inmundicias como te estás comiendo. Te vestiría de duque, en *jeans* día y noche. Pero ahora también será nuestro momento, y tú, su protagonista. A repetir hasta que te salga, que tienes un futuro por delante. En la escuela nunca llegarás a nada. Darse cuenta de eso, de que la escuela es una maquinaria que aborrece el progreso, al menos en este país, aj menos en este momento, fue el gran éxito de Clara. Y mira el resultado. Ni los profesores de la Universidad pueden envolverse en lo que Clara se envuelve. Y Clara no sabe ni la o. Que si Clara fuera más joven ya hablara hasta en malayo, pero Clara ya es una anciana y a dos millas se le huele la vejez y acercarse a uno de esos seres maravillosos, a los extranjeros, le costaría la desarticulada cabeza más los pelos. Pero el niño siempre es niño; pide de todo y es un niño. Así que tú vas a sacarnos de esta miseria. Por eso alguien dijo que los niños eran la esperanza del mundo, por lo que resuelven. Así que a ensayar, repite y repite, de atrás para alante ahora, y ahora de costado. Así, así. Ya te está al salir. Ya la dices; ya sé que la estás diciendo bien. Ay, Dios mío, ya se te entiende clarito; ya saben lo que les estás pidiendo. Repásala en alta voz: «*I want you to buy for me two t-shirts in the shop*». Ahora, a la calle, a buscarlos, a encontrarlos, a decírsela a ellos, que estamos a punto de ser gente.

DÁNDOTE VUELTAS Y BOTÁNDOTE DE LA
UNIVERSIDAD/ DEL MUNDO

Te están botando de la Universidad.
     A que te botan, ¿va?
     A que te botan, ¿va?
¿A quién le chupaste la picha?
¿A dónde fue que te escucharon la conversación?
     A que te botan, ¿va?
     A que te botan, ¿va?
¿Cuál fue el poema que leíste? ¿El de los barcos que
nunca llegan? Ay, Dios mío, que nunca llegan
     Ya vienen a botarte de la Universidad.
     Te vienen botando mucho antes de que fueras alum-
no de esa Universidad.
     Ojalá que no te botaran del todo.
     Si por lo menos pudieras acercarte por la noche a esa
Universidad, tocarla sin ser visto, Diles que tú vas a hacer
todas las guardias, que vas a hacer cada día mejor hasta
que te hagas el mejor del mundo. Diles que fuiste a dos za-
fras, que nos mataron a un sobrino en Etiopía los etíopes;
que yo soy tu madre y les dices mi nombre, mi integración

revolucionaria. Y les dices que una vez atrapé a un agente de la CIA que estaba por esta zona regando virus y microbios. Y yo lo descubrí. Y lo amarré y se los llevé para allá. Diles que ya no crees en Dios, que ya no crees en nadie. Y que no te entrevistas con nadie, ni conmigo. Diles que yo he lavado mucha ropa ajena para que tú estudies, que te perdonen lo del barco, que tú ibas a decir banco y se te fue esa maldita R. Que todo fue un error de ortografía.

Ya te están dando vueltas y botándote de la Universidad.

A mí me parece que no te van a botar por el poema de los barcos.

A mí me parece que no te van a botar por la picha chupada.

Te botan porque no te necesitan.

Aquí no hacen falta profesionales de ningún tipo.

Aquí lo que hacen falta son operarios y choferes de grillas.

Aquí lo que hacen falta son manos que recojan las papas que se pudren todos los años en los campos y nadie ni las mira.

Porque aquí nadie quiere hacer nada.

Sencillamente.

Ya vienen con las actas.

Un país sin electricidad no necesita de un ingeniero eléctrico.

Un país sin información no necesita periódicos.

Si les dijeras que ibas a salir todos los días con un pincho enorme a recoger las hojas del parque, te dejan en la Universidad.

Vienen varios tipos de personas con varios tipos de actas.

Son actas para asustarte; todas dicen lo mismo.

Actas actas actas actas actas actas actas actas actas actas actas actas actas actas actas actas actas actas actas.

Actas y más actas.

Le levantamos un acta.

Le levantamos dos actas seguidas.

Acta y media y la debe firmar.

No la firmo.

Ya eso requiere de otras actas distintas. Se ha negado a firmar el acta inicial.

Firma y cállate. No han mencionado los electrochoques.

Firmo.

Porque este país en vías de desarrollo necesita que alguien venga y chapee la hierba que nos está comiendo.

Porque este país en vías de desarrollo ya no necesita tanto de médicos como de medicinas.

Un país eternamente en vías de desarrollo es un país miserable.

Y tú sin darte cuenta.

Creyendo en tu inocencia, tú.

Te botaron de la Universidad y del Universo.

Pues ahora todos los sitios te han botado.

Mejor vamos a comernos unos mangos.

ABREN, Y AL VERTE CON TODAS LAS JABAS, CIERRAN

Ayer abrieron la embajada de la India. De nueve y veintitrés de la mañana a nueve y veintiséis. ¡Tres miserables minutos! Para abrir tres minutos solamente es mejor que ni abran. Nada más que pudieron meterse dos jardineros de la avenida, un chofer de la ruta 132 que pasaba en ese momento y ocho escolares de la escuela «Fe del Valle» que estaban en el receso. ¿Quién iba a pensar que iban a abrir la de ese país y por tan poco tiempo? Yo estaba en La Lisa, que fui a cambiarle a Evelio un corte de tela por un televisor que él ya no usa. Que si yo sé eso, me quedo en casa de Julia, que vive a media cuadra de la embajada y cuando se formara el corre-corre, cojo y me meto y ya. Aunque hubiera sido yo sola. Después reclamo a los muchachos desde ese país, apenas me haga ciudadana hindú. Eso me pasa por andar zancajillando. Pero eso es suerte, porque la semana pasada Evelio estuvo por ahí todo el día y la noche, cuando se corrieron rumores de que iban a abrir. Se pasó toda la noche vestido de guardia, como si estuviera de guardia de comité. Y no abrieron nada. Y fue al otro día y nada. Y estuvo yendo varias noches seguidas y nada. ¡Esos embajadores se traen un relajo con uno! Abren, y cuando uno va corriendo con todas las jabas, cierran. Entonces uno se retira un poquito, se esconde detrás de una mata y ¡plum!, la abren otra vez. Y entonces, cuando uno sale detrás de la mata, que nos lanzamos con todo aquel jaberío, cierran. Un día empezamos a amagar, escondidos detrás de la mata. Asomábamos la cabeza y la metíamos otra vez. Y ellos, si vieras, la abrían y la cerraban, como la puerta de un escaparate. Entonces la gente se desprendió a correr, y cuando estaban llegando con todas aquellas jabas, cerraron. Pero la culpa la tiene la misma gente. Llevaban ventiladores, radios, racimos de plátanos, relojes despertadores. Yo vi a unos negros que arrastraban tumbadoras y más tumbadoras. Se iban de mudada. Llevaban detergentes para la ropa, cepillos de lavar, pequeñas cocinas para freír cosas. ¿Qué cosa es eso? Y dicen que el embajador de la India es muy bromista y que le gusta ver a la gente con todos esos andariveles, para cuando están llegando, cerrarles. Y uno con todas las jabas llenas de tarecos. Porque aquí todos salimos a cualquier hora y a cualquier parte con las jabas; tal vez se consiga algo en el lugar más inesperado. Si vas a hacer una visita a un conocido, o a un desconocido, debes llevarla. Quién quita que a ese señor le sobre la media libra de papas que tú buscabas. Quién quita. Y aquí en la embajada son muy prácticas, pues a la vez que haces la cola para entrar, marcas también en la de los chopos. Y si no abren la sede, puede que te lleves unas libras de chopos frescos. Aunque con este abre-y-cierra que se trae el hindú, es muy difícil atender ambas colas. En este trajín yo no voy. Ya yo estoy cansada. Si va a abrir, que abra; pero que tampoco amague.

CLAVES PARA UNA FELICIDAD EN CRISIS

La felicidad es un estado m-m-mental.
B.B. Beba

La felicidad: un estado mental. Oh, sí, sin duda que lo es. La felicidad, un estado de ánimo. Oh, sí, indudablemente. La felicidad, un estupor en que caemos, un chapaleteo de ideas amenazadas, una especie de mareo, una flojera, un fanguero de pensamientos desmayados. Oh, sí, quién lo duda. La clave está en adormecer la mente, en jorobarla, en sofocarla y dejarla tiesa como una bazofia tiesa. De esta mente es que todo se saca. Y cuando ya la tenemos que no puede más (la mente), que se le sale a uno por cuanto orificio uno tiene, que está ya bien blandita y desfallecida, entonces a uno empieza a olvidársele todo. Y todo se nos olvida. Y no sabemos ni el momento que vivimos. Y nada nos preocupa. Y nos empezamos a nutrir de esa fatiga que asciende. Y ya el picadillo, o sea su ausencia, se nos olvida también. Y descubrimos un paisaje en medio de la ruina. Y el espanto y el fango cambian en seguida de color. Y las cosas rebajan su aspereza. Y las voces parecen amansarse. Y la misma gente que nos odia y que tanto odiamos, nos enseña una cara casi sin recelos, casi sin dañarnos. Y hasta la crueldad y la violencia se quieren disipar. Y empezamos a dar brincos de tanta felicidad, Y nada interrumpe el éxtasis. Porque después que la mente está así, ya nada le hace nada; le resbalan los discursos; solo piensa en ser feliz. Y todo olvidándosenos, todo corriendo hacia afuera. Mira mi caso, que ya ni sé cómo me llamo. Mira mi caso, que ya ni sé la edad que tengo. Soy feliz. Felicísima. Y de tan feliz que soy, quiero compartir esta felicidad mía. Porque las cosas bellas solo tienen sentido en la medida en que se pueden compartir. Y se lo digo a todo el mundo. Voy por las calles gritándolo. Y la gente de aquí buscando la felicidad en la neblina del amor. Y la gente sin ciarse cuenta de que el amor aquí no existe; de que el amor aquí es una amenaza. Y un peligro. Porque atreverse a abordar aquí a la más inexacta criatura, y confesarle nuestros sueños, nuestras añoranzas, nuestras rabias variadísimas, esos deseos por visitar Turquía, por visitar los viejos amigos; confesarle a esa criatura nuestra cita con el verso, con la magia, el espanto que nos nombra, la miseria nuestra, es casi siempre un error irreparable. Por eso mis objetivos amorosos ya no son humanos. No olvido aquella noche de junio en que salimos mi primer esposo inválido y yo a tomar esa brisa que aquí a veces hay y a ver si podíamos tomarnos una malta. Y se me ocurre decir que las maltas ya no se veían en todo el país, y a las veinticuatro horas ya estaba arrestada e incomunicada. Mi, propio esposo me delató. Con el segundo pasó distinto. Salimos una noche a tomar un poco de ese aire fresco que aquí a veces hay, y a él se le ocurre decirme que había un exceso de malta en el mercado, como en otras sociedades. Eso me dijo. Y cuando me dijo eso, me di cuenta de su ideología reaccionaria y salí corriendo, lo dejé allí mismo, y lo denuncié. No sé cómo pudo ocurrir aquello porque yo no me atrevo a tanto, pero así fue. Me alejé de él, movida por una fuerza extraña y poderosa que me llevó hasta la estación de policía. Y allí lo delaté y firmé la delación. Todavía está preso y aunque después quise sacarlo, todo fue en vano. Con mi tercer esposo no hubo ningún problema, pero cierto fue que nunca nos hablamos. Y la gente de aquí, ya tú ves, tratando de ser feliz a costa del amor. ¡Qué equivocación! Y con la fuente de la felicidad encima de los ojos y no la ven. Y la mente allí, esperando ser trabajada, ser doblegada, que es lo que la propia mente anhela. Pero de todas formas, ya hay muchos que son felices. Porque en muchos casos la mente se deteriora sola; con tenerla aquí basta. Y empieza por hacerse una pasta, forma como unos pliegues de ideas machacadas. Y se pone feliz. Y lo feliz que nos pone a nosotros. Desde ese momento en que la felicidad nos inunda, ya no servimos para más nada. Antes de yo serlo, era maestra. Pero no se puede ser feliz y maestra a la vez, por lo menos aquí. Y me dijeron que yo lo que constituía era «un vehículo ideológico». Eso fue lo que me dijeron. Ahora, me ocupo de recoger tiestos en las demoliciones; estudio la política exterior del país; corto, como y quemo caña, cosas estas para las que no hace falta pensar. Y soy feliz. Viviría encantada de la vida hasta en la sociedad feudal.

Hoy, al mucho tiempo de mi descubrimiento, de mi conversión, miro para atrás y aunque no me acuerdo de nada, veo. Entonces me sale un suspiro muy profundo.

FURIA DE LA INDEPENDIENCIA

¡Cállense! ¡Cállense, que no la van a abrir! ¡Cállense y siéntense, que si no, no la van a abrir! ¡Qué gente esta tan estúpida! ¡Señores! ¡Qué ignorancia! ¡Apaga ese radio, vejigo! No te muevas de mi lado, que te cogen el puesto y se acabó tu viaje. ¡Hasta que no se organicen, no la van a abrir! Los perjudicados somos nosotros, señores. No se cuelen, hagan la cola. Allá dentro hay espacio para todo el mundo. Y mientras más se demoren en abrir, más gente va llegando. Parecen bestias. ¡Señores! Cuando él se asome y vea este molote desorganizado, no la va a abrir. ¡Señores! No echen a perder lo que ya tenemos adelantado. Llevamos cinco días frente a esta embajada, y ahora, en el último momento, que ya están al abrir, ustedes con esa molotera y esa bulla. Por Dios, callen a esos niños, apaguen los radios, desaparten a esos dos. Madre mía. Seguro que él ya se asomó. Seguro, seguro, seguro que ya se asomó y los vio. ¿Tú crees que alguien va a abrir con este desorden? Imposible, im-po-si-ble. Yo tampoco abriría. ¿Para qué, para que me pelen el jardín? Él se tuvo que haber asomado ya, porque ya era la hora de abrir. A no ser que esté desayunando. Pero ahí sí sé que está, porque nadie lo va a dejar salir sin abrir primero. A lo mejor lo ha dejado para mañana o para el viernes, que está feriado. Aunque no creo que él sea tan cruel de tenernos aquí, así como si fuéramos los árboles de la avenida, sin condiciones para tenernos aquí, así, sin movernos de esta cola por tantos días, con sed y hambre, con dolores diversísimos. Y todo el mundo sabe que va a abrir, porque si no, la gente se fuera. No hemos perdido la esperanza de irnos del país. Y no fue él el que nos dio esa esperanza. Esa esperanza nos la dio el edificio mismo, la sede. Porque ese edificio quiere decir: irse del país. Esa construcción emana la suerte de podernos ir. Porque a través de ese edificio la gente se va, llega, huye, le saca la lengua, le dice una barbaridad, o sencillamente coge y escupe, o le tira una fotografía, o le enseña el fondillo nada más, a este país. ¡Ay, edificio mágico y bienaventurado, digno y virgen entre los demás edificios sometidos igual que nosotros! ¡Quién fuera la última loza de tu traspatio, la tasa de tu inodoro, la pared más vieja, el respiradero de tu cocina! ¡Felices partes! Hasta las débiles plantas que adornan tu interior son más bellas que toda nuestra naturaleza, que todos nuestros árboles, torcidos y anudados a más no poder, jorobados y resecos a más no poder, sin fruto en todo el año, sin hojas masticables, metidos en el piso hasta la cintura para que no se puedan escapar de este país. Edificio todopoderoso, santo y divino, ahí estás para vergüenza de los demás que te rodean, sucios y detenidos para siempre, amarrados por debajo al núcleo de la Tierra. Bien que te conozco, bien que te he soñado. Sé del olor de tus maderas, del viento que conecta tus habitaciones espaciosas, de la suave melodía que rechinan tus ventanas enormes, de las plegarias a Dios que cada noche cuchicheas. Sé de todos tus secretos, del terror a que termine la cerca divisoria que te uniría a nuestros días, porque los días que aquí transcurren no son los que transcurren entre tus paredes silenciosas. Sé de tu incontrolable pánico a caer bajo la enumeración, a ser la siguiente cifra, y, por tanto, invitado a la barbarie. Nosotros también tememos por ti, edificio, más que por nosotros mismos. Nosotros ya padecemos estas fiebres por muchos años, apenas notamos ya cuán minados y carcomidos nos tienen. Tú, en cambio, eres sano, erguido, libre; te levantas día a día con esa furia de la independencia, con esa soberbia que emana, exclusivamente, todo aquello que puede tomar decisiones. Y por eso eres distinto, meritorio, majestuoso y monolítico. Por ti tememos, edificio, porque sabemos que solo tú sigues produciendo la esperanza; solo tú, en toda esta comarca, nos hablas de otra cosa, de un lejano individuo que, al igual que tú, puede tomar o desechar a su antojo. Eso es lo que nos estás tratando de decir hace tanto tiempo. Y nosotros sin entenderte, sin saber qué hacías aquí donde no hay nada grandioso que hacer. Hasta que nos dimos cuenta de que tú tenías que tener alguna función entre nosotros. Porque si tú ni meneas papeles comerciales con nosotros, ni te interesará menearlos nunca, ni te mezclas con nosotros, ni sacas ni traes nada, ni sales en ningún periódico, ni te da una rabieta como aquí a todo el mundo le da, ni hablas yo creo, ¿qué haces tú aquí entonces? Fue así que nos dimos cuenta. ¿Cómo no trataste de hablarnos antes; cómo no sacaste un pañuelo o nos hiciste una murumaca? Tu mera presencia lo explicaba todo. ¡Cuánto tiempo perdimos!

La más sencilla murumaca que hubieras utilizado, la más complicada, nos hubiera traído a tiempo toda tu importancia. Nosotros solo hablamos en murumacas, porque siempre dejan un margen de equivocación. La murumaca de aquí, la que nosotros entendemos, todo lo dice. Y todo lo confunde. Y los enredillos que forma. Las murumacas son para las cosas que no se deben decir, para las cosas con problemas y que no se deben ni mentar. Pero como aquí todo tiene algún problema, la murumaca se ha convertido en el idioma oficial de la República y de los cayos adyacentes a la República. La murumaca se puede entender de una forma y a la vez de mil formas diferentes. Supongamos que tú quieres decirle a alguien que esto es una mierda. Esa es una de las cosas que no se deben decir. Pero tú quieres decirlo, porque ya no puedes estar quieto sin dispararlo, sin decirlo, porque a veces a uno le cae esa desesperación por decir que esto es una mierda, y de no decirlo, ya posiblemente no puedas decir nada más en tu vida, te dan fiebres, te cae esa tos que aquí todo el mundo tiene, y ya no te queda otro remedio que decirlo. Yo he llegado a pensar que poder decir «esto es una mierda», sin otro objetivo, sencillamente el poder decirlo, es una de las grandes necesidades del ser humano, Y para poder decirlo aquí, sin que te pase nada, debes decir «esto está malo», una frase muy ambigua que puedes referir, en el momento en que te cojan, a una de tus manos, o a una parte podrida de un mango que te comiste hace tiempo. Y casi siempre te salvas. Y si eres diestro, le echas toda la culpa al agente disfrazado de hijo tuyo que te cogió. Que él lo entendió así, por lo malo, porque él tiene problemas ideológicos. Ideológicos es como les llaman a esos problemas aquí. También los llaman problemas de penetración ideológica. Yo no acabo de entender esa nomenclatura, porque a mí nadie me ha penetrado nunca. Yo pienso como pienso desde que empecé a pensar. Nadie ha venido de ninguna parte a cambiarme lo que yo pienso. Nadie. Porque para que uno piense así, como yo vengo pensando, nadie tiene que venir de ningún sitio a decírtelo; con mirar unos minutos aquí, basta. Ni me han penetrado, ni me han desviado nada. Y ahora ellos dicen que nos están desviando la mente desde el exterior. ¡Si en el exterior no saben ni la milésima parte de lo que nosotros pasamos aquí, metidos en el horno! Pero hay que decir que sí, que hay personas que están siendo desviadas ideológicamente por unos seres distantes, extraterrestres casi, que no saben nada del asunto, de la cosa en sí, pero que tienen esa siniestra labor, la de desviarnos la mente. Así es todo, o casi todo, porque esto es lo que me viene a la mente en estos momentos, edificio. Y todo esto te lo he dicho pensando, sin la más diminuta murumaca. Y te hablo desde mi puesto en la cola de cinco días ya, sin ningún tipo de reservas. Porque ya hacia ti no tengo penas. Nunca sabremos lo que significa para ti tenernos aquí apilados, muriéndonos de vergüenza al tener que suplicarte un sitio entre tus paredes silenciosas. No sabremos cómo nos miras desde allí, qué ideas te vienen de momento al ver esta procesión de mendigos congestionando la ciudad. Nunca lo sabremos.

Hubiéramos querido escapar hacia afuera
correr
hacia el lugar profundo
donde las aguas nacen
y trepan
más tarde la colina
para seguir el camino de aquellos ángeles
tan humanos

Delfín Prats

UNA MUJER DECENTE

Sí, sí, teniente, anótelo como se lo estoy diciendo: en nuestra familia todos somos homosexuales. ¡Lo homosexual que todos somos! Yo misma soy una tortillera empedernida. Pero de las cosas que yo soy, teniente, tortillera es la más leve. He ejercido la prostitución ya por dos décadas. Qué me dice, ¿eh? Y soy proxeneta. La más proxeneta de la ciudad soy yo. Ay, sí, yo, la proxeneta. He estado ya presa en varias ocasiones y siempre por el mismo delito: me masturbo por las noches en la Plaza de la Catedral, frente a un retrato de Vilma Espín. Y me meten presa cada vez que lo hago. Y me sueltan. Y yo misma creo que no lo voy a hacer más, y a las dos semanas voy directico otra vez para esa Plaza y me masturbo de nuevo con el retrato de esa mujer. Y yo no me doy cuenta. A veces voy por la calle comiéndome un helado con una mano y masturbándome con la otra. Y mi esposo es un caso lastimoso. Estamos casados por cubrir nuestra verdadera identidad, pero en el fondo lo que somos es eso, basura, basura homosexual. Lo mejor que usted hace es deshacerse de nosotros. Si yo fuera el presidente de este país, ya los hubiera mandado a todos para allá, para el Norte, para infectar aún más esa sociedad decadente. Se lo juro. Es más, yo creo que mientras usted nos tenga a nosotros aquí y a personas como nosotros, jamás podrá sacar este país del subdesarrollo. Sí, porque nosotros somos el subdesarrollo. Nosotros, robándole a los demás lo poquito que usted les da, lo poquito que ellos logran robar. Usted tratando de desarrollar esto con nosotros aquí metidos. No se da cuenta, teniente, de que esto cada día se vuelve más indesarrollable, de que cada día las penurias son mayores y que el atraso crece como la hierba. Porque usted se pone a recoger papas y nosotros a tirarlas. Usted limpia las calles y yo paso y me masturbo sobre ellas. ¡Qué ingenuidad, teniente! Sáquenos de aquí y verá. El niño mío más chiquito es un caso perdido. Y usted trabajando con él, inculcándole cosas o tratando de inculcárselas, y él, si lo viera, haciendo daño y más daño. Este niño mío, todos los días, antes de masturbarse siquiera, va y arranca todas las matas de maíz que el propio padre sembró. Y las arranca para hacer la maldad, para que nada progrese. ¿Lo ha anotado todo, teniente? Que no se le quede nada, por Dios. Nosotros no nos merecemos tanta bondad. Ahora cuando usted me dé esa carta con su firma y con los cuños pertinentes, yo no me voy a sonrojar. Porque todo es verdad. Descarada que soy, proxeneta china, tortillera insaciable, presidiaría vieja, chula. Pena debía darme que yo le tenga que decir todo esto aquí en su cara. ¿Ya lo tiene todo, teniente? No olvide nada. Pues sí, así somos todos. La niña mía camina con los extranjeros; se cambia por ropas a la moda. Sale de casa el lunes y no regresa hasta el lunes siguiente. Una sociedad como esta se avergüenza de tener estas criaturas aquí dentro. Le voy a repetir, teniente, todo lo que nosotros somos por si le faltó algo. No sé si usted entienda que debo ser más explícita. Esto ha sido a grandes rasgos porque si me pongo a detallar todo lo que yo soy, o que he sido, es posible que no termine en una semana. Anote ahí mi afiliación al partido nazi en 1945. Yo también fui teniente, teniente. ¡Más buena teniente que era! Anote también que cartereaba en los ómnibus, que era amiga de Clarita, la carterista más grande de la ciudad. Fíjese que salíamos juntas a carrerear y una noche yo cartereé a Clarita. Anótelo todo, teniente. Cuatro somos nosotros; dos niños y dos mayores. ¿Ya cogió los números del Carné de Identidad? Y no crea que los niños no son tan malos, porque son los peores. ¿Usted ve esta cicatriz que yo tengo en la mano? La niña mía, con un hacha, el año pasado. Fíjese que cuando lleguemos allá, yo me voy para un estado y ella para Puerto Rico. ¿Usted cree, teniente, que debo ser más explícita? Juana es que yo me llamo. Juana La Mala me dicen en el barrio. Juana Palangana me dicen en la calle. ¿Más, verdad, teniente? Sí, más. No trabajo. Me ha cogido la ley de la vagancia, la de la extravagancia, la ley de la peligrosidad y algunas otras leyes. Yo creo, teniente, que usted va a confundir los delitos que nosotros tenemos en el núcleo familiar. La predelincuente no soy yo, sino la niña mía. Y los campos de caña no los quemó el padre del niño como usted dice, sino yo. ¡Fíjese usted! Con lo acabada que yo estoy y un día me dio por dar candela y los quemé todos. Y mire, teniente, las croquetas esas quien las envenenó no fue el niño, sino el padre del niño. Sí, los del camión contra la embajada sí fueron los muchachos, pero no yo ni el padre. Ordene todo eso, teniente. Y que no se le escape ni una de nuestras fechorías. Los coreanos fueron asaltados por... (¿por quién fueron asaltados los chinos esos, madre mía?), por la niña mía. Sí, por la niña, teniente. Esa niña mía es mala. Anótelo, teniente. Yo voy a ir más despacio ahora. Anótelo así: «camión-niña», «coreanos-padre», «res-yo». Ay, teniente, yo misma me estoy confundiendo. «Croqueta-niño», «bicicleta-padre del niño». Ay, teniente, yo me siento mal. Déjeme refrescarme, pero no deje de escribir mientras yo me refresco. Hubiera sido mejor que nos hubieran agarrado cometiendo estas fechorías, porque así usted tuviera todos los reportes bien claros. Yo fui la que envenené las croquetas. Yo fui la que maté la vaca. Ay, teniente, que estoy muy nerviosa. Yo fui la que quemé los campos de caña. Ay, teniente, estoy muy enferma. Estamos al quedarnos sin salida. Teniente, la que fue teniente fue la niña mía. Ayúdeme, teniente. Ay, teniente. La vaca la maté yo. O la vaca se murió sola y nosotros aprovechamos su muerte para echarnos el delito encima. Ya me siento mejor. ¿Lo ha anotado todo, verdad que sí, teniente? Ayúdenos, que lo vamos a invitar a comerse un puerco. Sí, sí, ya está invitado. Mañana mismo. Y le voy a dejar todos los tarecos que nosotros tenemos, que ya son muchos. Y todo el dinero que tenemos ahorrado será suyo, teniente. ¿Firmó la carta, verdad? Gracias, teniente. Mil gracias. Hombres y tenientes como usted son los que el pueblo necesita. Gracias. Cada vez que pueda le voy a mandar cosas desde allá afuera. Se lo prometo. El lechón se lo vamos a regalar y si usted quiere se lo lleva para su casa y se lo come allá. Nosotros ya estamos aburridos de ese tipo de carne. ¡Qué asco esa carne para nosotros! ¿Ya está bien firmada la carta, verdad? Ay, sí, qué bueno. No, no creo que necesitemos más cartas, pero si algo pasa, yo les digo que venimos de parte suya, recomendados por usted. Gracias, teniente. No, ya no más cartas. Yo creo que con una baste. Pero un señor al lado de mi casa necesita una. Ellos son como diez de familia y tienen más de cien puercos. Yo se los voy a decir. Que nos veamos pronto, teniente. Pase mañana por la casa. A la hora que usted llegue ya le tendremos la mudada recogida. Esto, entre usted y yo. Nadie lo va a saber. Yo soy una mujer decente.

COMO SE FUERON

Y así fue como se fueron, como con prisa, como para no perder más el tiempo, como si tuvieran una cita importante a una hora exacta del día en ese otro país. Se fueron felices o llorosos, pero sin mayores resistencias. Talmente parecía que regresaban a la tarde siguiente, o en un par de semanas. En ese momento en que se iban, eran como miles de niños dichosos; dichosos del permiso materno para retozar un poco en alta mar. La brevedad de todo y por tanto, la confusión, nos dejaban ver sus caras de emigrantes. Y así fue como se fueron, como miles de muchachos nórdicos que se lanzan a la mar en busca del verano.

La despedida en nada difirió de las que anteriormente tuvieron que hacerse; como cuando se partía en otros tiempos a la limpia de la caña. Un sencillo abrazo, acaso emocionado, pero que no abarcaba el tamaño de la ausencia. Un abrazo corto, como tampoco perder más tiempo en semejante abrazadera. O porque el emigrante ignora qué es la emigración hasta que no es emigrado, y antes de huir definitivo no puede imaginar lo que significa, realmente, huir definitivo. Como ocurre con todo por lo que el hombre tiene que pasar por lo menos una vez. Como ocurre con la muerte, que no puede definirla nunca.

Pues así fue de breve esta despedida. A lo mejor porque no se les ocurría nada mejor en ese momento, pues lo desconocían; bien porque ocurren estas cosas una sola vez en una vida individual -y esta era esa vez en que se iba a realizar- o bien porque el hombre no está hecho para ellas (como mismo no está hecho para volar y vuela) y sin embargo, la tienes que pasar. Tal vez esto explique este temor tan eminentemente humano que todos tenemos a la muerte; quizá porque no fuimos hechos para morir y resulta que ahora tenemos que morirnos o si no, nos matan. Emigrar tiene que ser una de las cosas para las que no fue hecho el hombre. Porque la emigración es (tiene que ser) un hecho contrario a la naturaleza humana. Porque emigrar es dejar de existir para un tiempo y un espacio determinados, sin lugar a dudas, los más importantes. Emigrar tiene que ser (es) antinatural. La cuestión debe andar por la teoría de la nueva vida. Y es eso realmente, una nueva vida que resulta de haber truncado la anterior. Y que nunca llega a ser nueva, pues la vida no acepta esta división dentro de un mismo ser. Y ese hecho, la emigración, con sus personajes y sus ministerios, toma caracteres severamente crueles, salvajes y bárbaros, cuando el hombre está obligado a acatarla, cuando por la fuerza se le precisa a ello, cuando solo tiene la posibilidad de escoger entre esta y la muerte, cuando una de estas tardes se le comunica que tiene que marcharse definitivamente de ese sitio que lo justifica y le da razón de ser. Emigrar es arrancar una planta de raíz y no plantarla en ningún sitio. Porque significa sacarnos de ese escenario que le dio configuración humana a ese complejo de órganos y nervios que es un hombre. Porque el emigrado, el que ya llegó y se sentó y se tomó un refresco frío, no podrá dejar de ser emigrado, siempre lo será y ya no entra en fasaje con el tiempo que dejó, ni tomará el nuevo tiempo a ciencia cierta, porque ese tiempo suyo que dejó por allá, ese pueblo, esos años, son exactamente él, sus cuatro esquinas, su personalidad. En dos palabras, la emigración, ese hecho hoy tan frecuente, con su ajetreo de gente para acá y para allá, mudándose de países, de estaciones, de gobiernos, o sencillamente de zapatos, es uno de los últimos aportes a la historia del bicho humano. Eso es todo. Así mismo es. Y sin saber todo esto, o sabiéndolo, cosa mucho peor, fue que se fueron.

Salían de todas las casas, a todas horas, con jabitas, sin jabitas, con diecisiete pesos y el Carné de Identidad, con un pan con bisté debajo del brazo, con un lapicero soviético. Todos salían, y se iban. Sin una llave para abrir ningún hogar, sin una colchoneta para recostarse, sin otra muda de ropa siquiera. Se iban del país y eso era lo bastante para abandonarlo lo más rápido posible, antes de que el país de partida se arrepintiera de dejarlos ir y antes de que el de llegada se arrepintiera de recibirlos. ¡Qué horror estar a merced de los países! Y ya subidos en aquellas barcas que se los llevaban a ellos del país (barcas absolutamente seguras porque cosas más inapropiadas se habían llevado a otros muchos y con muy buenos resultados), ya subidos en ellas, se miraban y se apretujaban, se trasteaban y se olían. Ya todos se iban. Al fin, ya, todos, de una vez, en las barcas, bien rápido, del país. ¿Y por qué se iban? Porque ya no podría estar sabiendo que nunca me podría ir. Aunque me hubieran dado media onza de café extra, también me hubiera ido. Me tenía que ir, porque quiero una camiseta con un letrero o con varios letreros y un par de zuecos. Porque aquí nunca los podré tener. Porque ya no puedo más sin una camiseta de letreros y sin unos zuecos. Porque me voy a morir sin tenerlos. Porque no es la camiseta misma, ni los zuecos mismos, es la posibilidad de tenerlos. Y eso es ya para mí una cuestión de vida o muerte. Porque esos adolescentes que se están yendo ahora del país necesitan una camiseta con un letrero o con varios letreros para adornar esos cuerpos jóvenes. Y por eso una camiseta es importante. Y por eso son tan importantes los zuecos. El poder tenerlos si queremos, es muy importante. Y si queremos no tenerlos, también es importante. Porque es una cuestión de realización, no a través de los artículos mismos, sino a través de la posibilidad de tenerlos. Y que no me digan a mí que unos zuecos no son importantes. A mí, que los he soñado; a mí, que ya no puedo más sin ellos; a mí, que todas mis angustias se resumen en esos zuecos. Yo no quiero más libertad que la libertad de tenerlos y de saber que los puedo traquetear bien duro contra la calzada sin que nadie me diga nada. Que no me digan a mí que no vale la pena, que yo estoy vivo por ver si los consigo. A mí con esas, que los he dibujado en un tronco y que ya los veía dentro de aquel tronco y que he trabajado por seis meses para arrancárselos a la madera que los tenía aprisionados. A mí, que ya no tengo manos de rebajar ese horcón, que me he jorobado todo tratando de sacarlos de ahí. Porque ellos estaban dentro del horcón, lo único que había que hacer era sacarlos de allí y ponérselos. Si esos zuecos no son importantes, ¿qué es entonces lo importante? Al menos para mí, no hay nada más fundamental. Al menos para mí, que me he lanzado al mar por ellos, que me ahogaré tal vez por ellos, no hay nada más imprescindible. Y por eso es que me voy para ese otro país, aunque mis razones le parezcan ingenuas, sobre todo si usted ya tiene sus zuecos bien lustrados.

COMO LLEGARON

Sin preguntar dónde se dormía, ni dónde se comía, y sucio y agotado de tan largo viaje, se acercó a aquella casa y le pidió a la señora que lo dejara pasar al baño a ponerse un poco de talco.

PRIMER VIAJE A LA INFAMIA

¡Ay, qué ciudad más linda!
   ¡Ay, qué ciudad más fea!
   Tiene palmas y matas de mango, como en Atillo,
   ¡Qué linda!
   Y un calor del Senegal, peor que Atillo.
   ¡Qué fea!
   Y es una ciudad sin niños. Lo triste que son las ciudades sin niños. Como allá en Atillo, que solo existían tres niños, que era como si no existiera ninguno, porque se pasaban la vida en unas escuelas remotísimas, de cara al campo. Todo el mundo sabía que esos niños eran de verdad, cuando se los llevaron para esas escuelas remotísimas, de cara al campo, y envejecieron en una quincena. Cuando tomaron el primer pase, de cuarenta y ocho horas, que llegaron a sus casas, ya nadie los reconocía. Les habían salido unas gibas enormes en las espaldas, se les veían las cocorotinas, las manos eran unos trapajazos arrasados, las narices puntiagudas les pendían, les faltaba la sonrisa y a dos de ellos, la voz. El pueblo se puso mucho más feo entonces. Lo único que tenía, sus tres jóvenes

retoños, aquellas tres sonrisas que hacían su aire respirable, desaparecieron. Ya absolutamente todo era viejo; los niños, las casas, un paisaje viejísimo, las flores ancestrales. Todo irremediablemente primitivo. Los frutos nacían secos, carrasposos, duros y exprimidos. Era una crueldad situar ese pueblo en el Nuevo Mundo. Yo estaba por decir que aquél era el lugar más feo de la Tierra. Desde que los niños regresaron ancianos de esas escuelas, todo fue más árido, todo fue más sórdido, todo fue más insoportable, todo se tornó intensamente carmelita. Y se hizo más infernal y horrible, cuando nos dimos cuenta una mañana, como a las siete, sin aclarar bien el día, de que de allí no se podría salir nunca. Para siempre allí, en sus dos calles horrorosas, oliendo sus cañadas pestilentes, con toda aquella gente idéntica, hablando la misma lengua miserable todo el día, aquel habla-que-te-habla, aquella gente vieja, todo el día. No poder irse, ni poder acostumbrarse a resistirlo. Y convivir con tanta gente jorobada y tiesa, con tanta gente detenida en su ingravidez social. Y saber que jamás ocurriría nada distinto, nada hermoso, ni un terremoto siquiera, ni una hazaña memorable. El tedio filtrándose siempre por los tedios en ruinas, envolviéndolo todo, mordisqueando los cuerpos y mareándolo todo. Vivir esta cantidad de años que tenemos asignada, en un pueblo que cayó en un orificio del tiempo. Más que vivirlos, aguantarlos, uno tras otro, tantos años insípidos e inútiles, inoloros e inodoros, a no ser por la pestilencia de sus cañadas. Irse de allí, irse a toda costa, dejar aquella secuela de horrores repetidos. Irse, irme, aunque nadie me siga, aunque me quede sola, adonde sea, al horizonte, a la China. Un pueblo que no le interesa ni a nuestros enemigos. Un pueblo en que los niños envejecen en horas y que esto no suscite la atención del mundo. Irse de ese pueblo.

A veces, cuando decidía dormir allí, donde no tenía que acostarme porque nunca me levantaba, le pedía a Dios que todo aquello fuera mentira, que fuera mentira el pueblo, su caserío apilonado, su aburrimiento, aquella gente repulsiva y chata. Le pedía que me hiciera creer que todo era un sueño, que era el sueño el horrible, que la realidad era otra. Y cuando abría estos ojos inútiles, que nunca vieron nada que valiera la pena, todo seguía demoledor y asfixiante. El repiqueteo de las fichas de dominó cubriéndolo todo, como una enredadera abrazada a una ceiba vieja. Jamás un pajarillo, o tal vez uno, pero traumatizado ante la amenaza de piedra. Jamás la brisa. Jamás un sueño sin trocarse en pesadilla. Y lo que nacía, se hacía viejo en el tiempo del parto. Porque aquel pueblo lo esperaba todo de los jóvenes. Y tantas eran las bolsas de angustia que en ellos depositaban que estos se desmoronaban en días; o se los llevaban para esas escuelas remotísimas y allí los desmoronaban. Siendo viejos era la única forma de sobrevivir en aquel pueblo. Porque los jóvenes exigen ver lo opuesto a lo que tienen; exigen la otra cara de la moneda. Y los viejos solo esperan. Pero ahora voy por las calles de esta ciudad linda y fea a la vez. Y quiero olvidarme de que otros pueblos existen.

«STATUS PENDING»

—Excuse me, Sir, Do you live here?
—Oh, no, Miss. We live over there.

Bien sabe que no vivimos por todo esto, señora. Bien
sabe que no vivimos ni a cien millas de aquí, señora.
Ni en la otra provincia, ni en toda la redonda. Bien
sabe que no sabemos ni dónde estamos. ¿O es que no
nos ve las gibas? ¿O es que no nos ve las manos? ¿O
es que no nos ve las ojeras? ¿O es que usted es ciega?
¿O es que usted es boba? ¿O es que usted tampoco es
de aquí? ¿O es que usted es de Palestina? Como si no
se notara de dónde somos. Como si usted no supiera
por dónde fue que llegamos. Como si no se nos viera
el oleaje en la mirada. Como si no se nos vieran las lla-
guitas. Ay, señora, usted bien que lo sabe. Ay, señora,
no se burle de ese modo. Ay, señora, usted es el diablo.
Pero no nos va a dar miedo decírselo. No vamos a tener consideración en decírselo. Se lo vamos a decir sin
ningún escrúpulo, ni le vamos a respetar ese moño
de canas que usted tiene. No nos va a importar que

nos discrimine, ni que nos azuce ese perrito chulo, ni que nos diga *fucking you*. Nada de lo que usted pueda decirnos nos va a ser mella.

Nada	Porque ya nos han discriminado infinidad	Nada
Nada	de veces y ya lo que hacemos es discrimi-	Nada
Nada	nar nosotros. ¿Quiere ver cómo la discri-	Nada
Nada	minamos toda aquí mismo, sin que usted	Nada
Nada	se dé ni cuenta? Ni le tememos a su pe-	Nada
Nada	rrito chulo, porque ya nos han mordido	Nada
Nada	todas las fieras. ¿Quiere ver cómo le ara-	Nada
Nada	fiamos todo su perrito chulo, se lo mor-	Nada
Nada	demos y se lo ahogamos en el mar? Ni	Nada
Nada	nos va a importar que nos diga *fucking*	Nada
Nada	*you*, porque ya nos han dicho de todo, no	Nada
Nada	solo con palabras sino también con pa-	Nada
Nada	los, y lo hemos resistido. ¿Quiere ver có-	Nada
Nada	mo le decimos hasta del mal que va a	Nada
Nada	morir y la ofendemos y le damos un gol-	Nada
Nada	pe mal dado en la cara? ¿Quiere ver?	Nada
Nada	¿Quiere ver que no nos importa decirle	Nada
Nada	de dónde venimos? Pues para su conocí-	Nada
Nada	miento y para el conocimiento de todo el	Nada
Nada	que le pregunte, nosotros vinimos por	Nada
Nada	Mariel. Y no me diga usted que no sabe	Nada
Nada	qué cosa es el Mariel, porque eso lo sabe	Nada
Nada	todo el mundo. Y no se asuste que noso-	Nada
Nada	tros no le vamos a jorobar el brazo. Pero	Nada
Nada	no trate de escapar ahora que se lo diji-	Nada
Nada	mos, porque entonces sí se lo jorobamos.	Nada
Nada	Pues sí, del Mariel somos; del mismo Ma-	Nada
Nada	riel. Y no somos nosotros solos. Y los	Nada
Nada	que quedan, que están al venir para acá,	Nada
Nada	aunque a usted no le guste. Y somos del	Nada

Nada Mosquito. Y llegamos en botes. Y estuvi- Nada
Nada mos en campos para refugiados. Y no ha- Nada
Nada blamos el idioma de ustedes. Y tenemos Nada
Nada el *status pending*. Y no nos gustan las co- Nada
Nada midas de ustedes. Y no nos vamos a ir. Nada

LO MÍO CON LOS AMERICANOS

Lo mío con los americanos es jai y jai. Ellos con su jerigonza y yo con la mía. Ellos allá y yo bien para acá. Cada cual en su nido. Que los veo por la mañana, jai. Que los veo por la tarde, jai. Y que no me pregunten más nada si no quieren una mala contesta, porque yo no sé más nada, ni tengo interés en saberlo. Si yo aquí vivo como mismitico vivía en Atillo. Compro los mandados en la bodega de la esquina, donde los entiendo a todos bien claro. Y yo de aquí no salgo. Yo de aquí no salgo a ninguna parte. Ya esto se me parece a Atillo cantidad. Muchas veces me pongo a pensar y analizo y analizo y me concentro bien en lo que analizo y llego a la conclusión de que nunca he salido de Atillo realmente. Así que me dejen tranquila los americanos, que yo ni los conozco, que yo ni los miro, que yo no los molesto en lo más mínimo. Que estoy aquí, sí, pero que esto es lo mismo que Atillo. Ellos son los que están en casa ajena. ¡Si ninguno de ellos asoma la cabeza por todo esto! Por Dios que les he cogido tirria. Los americanos son abicús a más no poder. Hasta me he puesto a pensar si debo suprimir el jai-jai que nos conecta. Una está muy vieja ya para estar aprendiendo otra forma de hablar, de comer, de gritar. Tú sabes lo que es, que tengo que comerme unos sopones y mazos de hierba cruda en ese trabajo; que en realidad no me los como, lo que hago es tragármelos sin masticarlos, sin olerlos, sin saber qué tipos de hierbas son, de dónde las sacaron; llenas de espinas algunas, otras igualitas a las enredaderas de las cercas. Y yo traga aquello, traga que traga hojas y más hojas, tallos alargados, resina. Y el líquido verduzco saliéndoseme de la boca al masticar aquellos ramajazos. Y traga y cállate; y empújate el bocado de manigua, que todo el mundo lo está saboreando y hasta piden más. Cállate y traga, que se van a dar cuenta de que tú eres un arado. Cómete todos los troncos. También aquella deliciosa raicilla que hace rato estás tratando de sacar del plato. Y no demores tanto, que ya vienen a servirte más. Ya tienes otra pila enorme que tragarte. Come, trágate el bocado rápido, para que no se te acumule tanta cantidad. Y me tengo que comer todo aquello porque sí, porque este hospital en que yo trabajo es de americanos y de no comértelas se darán cuenta no solo de tu torpeza, sino de tu inferioridad hispana. Trágate el buche; no hubieras venido para acá. Yo no puedo seguir así. No puedo seguir masticando hojas insípidas como si yo fuera una vaca. Ahí viene la sirvienta otra vez. Pero todavía viene por allá lejos. Pero en unos minutos estará aquí con más matas. Aquí el postre también es a base de plantas. Me ha echado otro cargamento y me ha puesto una varilla muy fina para llevármelo a la boca. Qué raro es todo en este país. Si pudiera decir en el idioma de ellos que no quiero más, que no puedo más, que esto no me gusta.

Pero lo voy a intentar porque a lo mejor el café final es también un bejuco, y ya tengo todas las hojas en la barriga que se me van a salir por el culo enteritas como me las trajeron. Se lo digo ahora que está aquí cerca. La llamo y se lo digo. ¿Pero cómo se lo digo sin que se dé cuenta de que soy un animal, sin que se dé cuenta de que no sé decírselo? Le haré una pequeña mueca que en todas las lenguas quiere decir que uno está harto. Se la voy a hacer, porque ya le veo en la mirada sus intenciones. Se lo hago ahora que está aquí cerca. Ummmmm Ummmmm Ummmmm. Ya está. La cogió. Dijo que sí con la cabeza y se alejó. Me voy a retirar a fumarme un cigarrito. Nadie se ha levantado de la mesa todavía. Me lo voy a fumar aquí sentada. Déjame ver cómo le corto el corcho, que a mí no me gustan los corchos esos que traen los cigarros de aquí. Lo meto en la cartera como si buscara algo, una moneda o algo. Ya. No se dieron tanta cuenta. Ahora no sé si lo podré encender en la mesa. Por allí viene la sirvienta de nuevo. Esta vez sí que trae mucha hierba. ¿De dónde la sacarán? ¡Cómo trae esta vez! No la veo detrás del hojerío. Y la cantidad de paja que viene soltando. Y las enormes sancarañas que sobresalen por encima de la pila. Y las zarzas arañándolo todo. Y viene para acá. Y ella viene directica para acá. Ay, Dios mío, que viene para acá, que viene ciega para acá. ¿A dónde se detendrá con ese cargamento? La proximidad a tanta manigua me eriza. Oigo los ruidos de los cocuyos y de las cigarras que trae dentro esa carga. Ay, Dios mío, ¿la mueca que yo le hice no la habrá interpretado como que yo quería más? Haré una promesa, voy a pie y descalza hasta la casa, si me deja libre de matojos. Ahí está, frente a mí. Me está buscando. Me meto debajo de la mesa. Ya sé que toda es para mí. Ya me vio. Ya me localizó. Yo sabía que iba a dar conmigo. ¡Plummmm! Y aún más. ¡Plummmm! Y más todavía. ¡Plummmm; Plummmm; Plummmm! ¿Pero qué es esto? Hasta hojas secas, cundiamores, ramas frondosísimas, una pequeña silla. Todo para mí. Los grillos siguen sonando; los bichos que viven dentro de esta carga han comenzado todos a pitar. Yo me levanto de esta mesa. Esto es el colmo. Esto, el colmo. Ni una hierba más. Me voy para mi casa a hacer comida.

LOS PÁJAROS

Con este no te ajuntes: ayer lo vieron con un pájaro. Y antier lo vieron con dos. La semana pasada lo vieron con más de cien pájaros. Dicen que la semana anterior a la pasada, lo vieron de brazo con todos los pájaros del mundo. Ay, Jesucristo, un muchacho que allá no se juntaba con nadie, que uno lo miraba y salía huyendo para el platanal, de lo guajiro que era. Y no ha hecho más que llegar a este país, y ahora es él el que va a los platanales a sacar a cuanto pájaro haya en ellos. Y se ha vuelto tan pájaro-tan-pájaro-tan-pájaro, que ya a mí a lo que se me parece es a una codorniz. Ay, Jesús, si el padre lo viera. Si lo viera cómo se junta con los pájaros de aquí como si él fuera de aquí también, y como chilla y relincha y cómo estornuda, como si ya hiciera cien años que vive aquí. Hace tan solo unos meses que llegó a este país y ya habla el idioma de aquí y los idiomas de los pájaros. Y yo cada día hablando menos. Y yo cada día más torpe. Y cada día que pasa, yo más atrasada. Y él, ¡míralo! del brazo con los pájaros, del brazo por las calles, del brazo con su fauna. Y progresando y todo.

Y hasta sale en los periódicos. Y escribe discursos que nadie entiende. Y termina de escribir esos discursos y afuera ya tiene a los pájaros por miles, esperándolo con el brazo ya listo para engancharse de él. Y toda esa pajarera lo busca incesantemente. Y se van de vacaciones a Europa; se suben en helicópteros; se tiran de ellos; y una aquí, sin ser pájara, y congelada con este calor, zonza, sonámbula, enferma, escribiendo cartas y recibiendo. Y él en los países. Lo veo entrando con un pájaro enorme a los teatros, con el brazo tirado por encima del animal, o sea del pájaro. Y al pájaro me lo imagino como un pingüino prieto, con las piernas bien juntas, dando palmadas y riéndose. Así es como me los imagino. Cuando tú lo veas que viene en tu misma dirección, que te viene para arriba, que le veas en seguida la cara de pájaro y las uñas apajaradas y las manos extendidas y el enorme cuello de pájaro y las risas, sales huyendo y te metes en la primera casa que veas abierta. Y de allí llamas a la policía. Y coges una piedra y se la tiras por la cresta. Y le azuzas el primer perro que veas. Y si te dice pájaro a ti, le dices que más pájaro es él.

Y le tiras otra piedra por la cresta. Y le das un escándalo, o varios escándalos seguidos. Y dándole los escándalos y velándole la cresta para tirarle otra piedra. Y si hay un majá por allí se lo tiras arriba. Ay, Dios mío, ¿dónde él habrá cogido eso? Tuvo que haber sido por aquí, que es donde la gente se transforma de la noche al día. El bodeguero de mi pueblo llegó a este país hace unos años y hoy es samurai. Dijo que siempre quiso serlo. Y buen samurai que es. Y ese niño tuvo que haber cogido eso por aquí, en algún callejón, en la parada de las guaguas, en el mismo apartamento, pero aquí. Porque allá los pájaros que habían eran pájaros glandulares, que nacían así, con sus pelotas por aquí y por allá, y con aquellas glándulas creciéndoles y ocultas. Pero venir de allá y meterse a pájaro aquí es algo que no tiene nada que ver con el crecimiento de las glándulas. Algo hay aquí que transforma a la gente; un gusano, un virus, una plaga, algo hay. Yo misma estaba loca por venir para acá, sin otro propósito que el de convertirme en pescadora. Me atrae el mar, los barcos, cierto tipo de pescado. Y aquí estoy igualita a como estaba allá o peor, porque allá yo iba a la playa, me metía en ella. Y aquí yo creo que ni playas hay. Y trabajo como una muía y siempre debo algo. Y me voy de una factoría y caigo en otra. Y ni veo lo que me rodea. Y no tengo ni vecinos. Y en esta casa metida todo el tiempo. O sea que yo también he sido transformada por este país, aunque no me convertí en pescadora sino más bien en un pescado. Y el pájaro, dichoso y risueño.

Y yo, muerta en vida. Y él diciéndole a todo el mundo que es un pájaro. Y ya lo dice como si fuera su nombre, como una presentación. ¿Dónde habrá cogido eso ese animal? Un muchacho que allá lo que hacía era arar tierra, ordeñar vacas, enlazar reses, pues aquí borda. Si te veo que lo miras, le paso un cable a Julián corriendo. Y si lo tocas se lo digo a Inmigración. Todavía está en veremos tu destino. Vamos a ver qué te ofrece este país transformador.

EL PERIÓDICO DE AQUÍ

¡Cómo estará allá! ¡Cuántos bistecs se estará comiendo a estas horas! Y cuántos no estará tirando apenas los huele. Y cuántos pellizcando nada más y tirándolos por la ventana de la sala. Y cuántos cigarrillos se estará fumando a la vez. Y cuántos tirando apenas los enciende. Y cuánta gente pasando y recogiendo los bistecs y los cigarrillos que él ha tirado. Lo veo por las calles, con las manos llenas de bistecs, regándolos por aquí y por allá, tirándolos al descuido sobre los céspedes cortados. Ay, que los estoy viendo. Con las manos derechas va tirando los bistecs, que saca de una hermosa cesta como si fueran flores, y con las demás manos va encendiendo los cigarrillos y tirándolos apenas los enciende. Clarito lo estoy viendo. No me digan que no, que sí lo estoy viendo. Los bistecs caen tendidos a la larga, cubriendo las aceras y el pavimento. Son bistecs grandes como sábanas. Acaso no sean tan grandes como yo me los imagino, porque yo me lo imaginaba todo demasiado grande si la cosa imaginada concierne a ese país del Norte. Sí, del Norte; al Norte del infierno es que queda ese país. Y cuanto peor hablan aquí de ese país, más grande yo me lo imagino. Por eso es que a mí me parece que los bistecs que él va tirando no sean tan excesivamente grandes, sino bistecs normales, comunes y corrientes, con todas las características que reúne el bistec cotidiano. Y es que aquí no se dan cuenta de que cuanto peor hablan de ese país, más grandes se hacen estas ganas de quererlo y de amarlo. Y el periódico de aquí hablando de su derrota en un lugar distante y yo amándolo más. Porque ese país siempre debió estar donde está hoy y yo ni sabía que existía. Yo ni sabía que había más países; y muchísimo menos uno con esa cantidad de bistecs. Yo no sabía nada. Yo me he pasado la vida sin interesarme en esas cosas. Y ahora, por culpa de ese periódico de aquí, yo que ni soñaba, ahora me acuesto con la idea de ver ese país, de tocarlo, de caminarlo, de saber cómo es. Todas estas varices que yo tengo, me las he ido curando aquí, con remedios caseros, con el médico de aquí, con unas hierbas. Ahora ya no tienen cura si el remedio no es importado, si el remedio no trae el cuño del país que amo. Yo siempre lo diré: nada ha contribuido más a esta pasión desordenada e irracional que ese periódico, o los que lo hacen, o los que mandan a estos a hacerlo, o para definir, el que lo manda a hacer. Sí, porque las culpas aquí son ascendentes, como en escalera. Y allá arriba solo hay un culpable, que a lo mejor dice que él tampoco lo es, sino que alguien lo mandó a hacerlo. La culpa viene cayendo sobre Jesucristo por habernos dado la virtud de amar y de odiar, sobre todo esa, la de odiar. Pero como yo no veo al viejo que escribe en ese periódico, ni sé cómo se llama, ni sé dónde vive, ni sé cómo tiene tanto tiempo para escribir tanto horror, al que culpo es al periódico, a sus dos páginas, su nombre y sus fotografías. Y sabiendo lo malo que es, el daño que me hace, todavía voy y lo compro. Pero cuando lo compro ya sé que he comprado un enemigo. Y lo leo todo al revés; deduzco, más que me informo. Y en las partes en que él se alegra, yo me siento morir. Y si se entristece en otra parte, yo doy una fiesta corriendo. Y si dice que las metas se cumplieron, al otro día no voy al trabajo. Y si dice que se cumplieron las metas con retraso, llego bien tarde al otro día. Y si no se cumplieron, trabajo ese día con una furia impar. Porque las metas aquí no tienen nada que ver con la furia con que uno trabaje. A veces nadie hace nada en todo el mes, el ausentismo se triplica y el periódico de aquí sale diciendo que se cumplieron todas las metas en tiempo y forma. Por eso uno nunca sabe a ciencia cierta si fue verdad esto o aquello, si las metas se cumplieron o no, si las tropas enemigas retrocedieron diez millas o si lo que realmente hicieron fue que las avanzaron y acabaron con Troya. Uno nunca llega a saber nada. Si este periódico sale diciendo algo de las tropas, que llegaron, que se fueron, qué sé yo lo que se le ocurra decir, de lo más que uno puede enterarse es de que había tropas en alguna parte. Ya lo que estas hicieron es muy difícil de precisar. Y a veces pienso que es hasta mejor que todo sea así. Sin saber nada del mundo nos desencajamos de todo ese estupor, nos volcamos en la odisea del picadillo y reducimos las angustias a la falta del producto. Y así no sufrimos tanto. Porque, para poder sufrir, uno necesita algunas condiciones que permitan que el sufrimiento baje: un poco de picadillo, por ejemplo, o un bistec. A lo mejor él tampoco es feliz, porque los va tirando en la calzada y ya tiene ese problema resuelto. O sea, que todo está bien como está, como dijo un sabio.

«HÁBLA-ME VAN A DECIR ELLOS»

Estoy loca de contenta: la invasión ya viene por Manguitos. Por Manguitos viene; en unos días estará aquí si sigue haciendo buen tiempo. Yo noto que esa invasión se ha demorado demasiado, porque de allí a este pueblo solo hay unos quince kilómetros escasos. Y ya llevan allí más de tres días. Deben estar ajusticiando. Hay mucha gente que matar en todos estos pueblos. A lo mejor ni vienen para acá. A lo mejor deciden que allí termine la invasión. Yo una vez me iba a mudar para Manguitos con toda la familia. Y no me mudé, porque cuando eso la invasión venía por este lado y hubiera llegado primero aquí y a los tres días, a Manguitos. O más tarde porque en este pueblo sí que hay mucha gente que ajusticiar. Y ahora, aunque encuentre permuta, no nos lo permiten. Por Manguitos viene ya ese invasión, Dios mío. Ya la huelo. Ay, Virgen de la Caridad del Cobre, que acabe de llegar ya. Ay, que llegue a este pueblo para soltar estos zapatos tan viejos. Y tan feos. Y tan chamusqueados. Y sin media suela. Ay, Señor, que no puedo seguir apagando colillas con la planta de los pies.

Tranquiliza las nubes, Señor. Déjalos que lleguen y nos calmen las tripas. Estos invasores traen de todo; no son como los invasores anteriores, que uno tenía que darles hasta las terneras recién nacidas para que nos hicieran el favor de invadirnos. ¡Qué ganas tengo de que me acaben de invadir y de que me pidan que hable! «Hable, me dirán ellos, díganos quiénes son los comunistas». Y yo primero me resistiré para que ellos vean que yo sí sé quiénes son los comunistas de aquí. Y voy a hablar más que un cao. Y hasta los apellidos de todos ellos me los sé. No tienen necesidad de ir a preguntarle a nadie más. Y sé dónde es que viven y dónde pueden esconderse. Y Anulfo, el informante, que se cree que yo soy comunista también, vendrá a que yo lo esconda. Y yo lo voy a esconder. Lo voy a esconder tan bien, que no van a dar jamás con él. Ay, Dios mío, dentro de unas horas puede que esa invasión entre en este pueblo miserable. Dentro de unas horas me quitaré la blusa y saldré desnuda a recibirlos. Dentro de unas horas.

La gente también teme a esta invasión nueva, porque todas las invasiones que han entrado a este pueblo han hecho lo mismo: arrasar. Yo me acuerdo cuando esta invasión, que hoy gobierna esto, triunfó. Había acabado hasta con las hortalizas. Pero todos creíamos que luego vendrían sus frutos. Y vinieron sus frutos después. Eran estos, unos frutos muy amargos. Aunque también es cierto que si esta invasión nueva es idéntica a la que gobierna, a mí me da lo mismo. El asunto es que invada, que cambie los rostros, que levanten consignas distintas, que ciertos nombres se laven para siempre. En este país de pícaros, las invasiones no terminarán nunca. El propio país las produce. Yo misma estaba organizando una invasión en 1955. Aquí todo el mundo ha organizado alguna vez algún tipo de invasión. Porque en este país hay muy poco dinero, muy poco de todo, y solo las invasiones se apoderan del pequeño tesoro. ¡Tengo más ganas de lanzarme para Manguitos con una pequeña brigada y quitarles el mando a esa gente! Aquí han habido invasiones hasta de dos personas. Y hasta de una.

Pues aquí voy a esperar yo a esa invasión que se acerca por Manguitos. Y los voy a seguir hasta la capital. Y voy a ir hablando desde aquí hasta la capital. Y voy a decir hasta lo que no me pregunten. Y les voy a pedir un par de zapatos, que me hacen tanta falta. Y ellos me van a decir: «¿Usted no era de las que más enardecidamente aplaudía en la plaza?» Y yo les voy a contestar: «Sí, yo era de la que más enardecidamente aplaudía. ¿Y no saben ustedes que aquí quien más aplaude es quien más desesperado está?» Y ellos me van a preguntar: «¿Y no era usted una de las que más horas voluntarias tenía para ayudar al régimen depuesto?» Y yo les voy a contestar: «Miren, ustedes no saben nada de nosotros. Yo trabajaba como una muía para que me permitieran entrar a una universidad, para que me dejaran ser algo, para poder ganarme la confianza de ellos, para que me dejaran ir al extranjero, para asilarme en cualquier sitio, para sobrevivir. ¿O es que no saben ustedes que aquí ir al extranjero es un privilegio casi monárquico?» Y ellos me van a decir: «Pero usted nunca hizo nada por la libertad». Y yo les voy a contestar: «Sí, sí hice, recé mucho; tomaba dexactedrón por docenas, por la libertad, aunque fuera por la libertad mía, por la libertad de librarme de esa pesadilla por unos minutos que fuera. Hice mucho. O es que no me ven sin un niño, sin un hijo que querer. Jamás quise parir aquí. No quise traer una criatura a este espanto. O es que ustedes desconocen que yo también quise ser madre, y amar, y vivir, Yo asistía a todas las reuniones imaginables para sentar las bases de mi futuro exilio, para que me vieran integrada y un día me mandaran a España. Mucho que hice por la libertad, invasores. Mucho. Hasta una vez me di candela. Cualquier tipo de libertad llegó a convenirme, hasta la libertad de morirme. Y lloré mucho. Y tenía mucho miedo. Un miedo a que me leyeran los pensamientos, a que me soltaran desnuda en medio de la plaza, a que no pudiera volver a disfrutar de un paseo junto al mar. Y fingía. Y sufría. El sufrimiento mío tan solo hubiera alcanzado para deponer al régimen. Miren, los que estamos aquí dentro hemos hecho más que todos ustedes porque hemos resistido. Y resistir significa delatar, cooperar, aplaudir, humillar y humillarnos, vejar y ser vejados, aterrorizar a los demás e ir en busca de nuestra dosis de miedo. No me digan que yo no he hecho nada. Y decir a todo «que sí», cuando todo por dentro dice que no, ¿qué es? Todo el mundo ha hecho por la libertad, invasores, hasta los propios esbirros que apoyaban al gobierno. Porque en el terror fracasa la condición humana. Porque el terror no solo nos hace aplaudir sino también matar. ¿No han oído ustedes una canción de aquí, que dice: «por amor se está hasta matando»? Pues que no es por amor, que es por miedo. La cola de la pizzería y el miedo. La correspondencia diaria y el miedo. El pueblo, el mundo, y el miedo».

Y no quiero que me perdonen, les voy a decir. No quiero que ustedes crean que yo estaba en contra o a favor. Condénenme. Solo después, déjenme vivir.

RECETA PARA LA FABRICACIÓN DEL HOMBRE NUEVO

INGREDIENTES:

- 1 hombre joven entero
- 2 libretas de abastecimiento
- 1 pantalón caqui al año
- 1 par de zapatos plásticos (al año)
- 1/4 de pan (al día)
- 1 ley de peligrosidad y/o de vagancia y/o de extravagancia
- mítines relámpagos
- 1 CDR
- organizaciones de masas
- el periódico Granma
- películas rusas (búlgaras o checas)
- trabajo voluntario
- 1 servicio militar obligatorio
- 1 líder máximo
- 1 segundo líder máximo
- 1 radio VEF
- actitud crítica y autocrítica

- asistencia a los plenos políticos
- 1 bote

Tome el hombre joven (entero) y pélelo. Quite bigotes y barbas. Entréguele las dos libretas de abastecimiento, una de productos industriales y otra de víveres. Vístalo de caqui y espe- ciíiq uele que el otro pantalón le tocará al siguiente año. Bloqueo, crisis económica mundial, inflación son términos que empezará a manejar. Le da su ración de pan estipulada, sobre la cual conserva todos los derechos. Lo pone a cortar caña bien rápido. Háblele de formación, sacrificio y otras palabras de actualidad. Leerá el periódico Granma, lo comprará y discutirá sus tópicos, compartiendo sus puntos de vista. Formalizará su integración a varias organizaciones de masas (EJT, Milicias Territoriales, CTC, DCR, RPA, APR, TEC, ETC) y acatará su reglamento. Seguidamente debe dar varios mítines-relámpago dirigido por la brigada de agitación y propaganda de su centro. Tras haber sobrecumplido las normas de corte, alza y tiro de la caña, le dará un pase de cuarenta y ocho horas. Irá al cine de su localidad. Verá La Joven Guardia y hará un análisis crítico del fim, de acuerdo a nuestros principios. De esas cuarenta y ocho horas de pase, deberá dedicar diez (10) al trabajo voluntario con su CDR. Se le permitirá obtener un radio VEF para su formación político-ideológica. No deberá sintonizar emisoras foráneas. De hacerlo incurrirá en un delito de penetración ideológica, severamente penado por la ley. Lo cogerá el servicio militar obligatorio aunque haya cumplido con todo lo anteriormente señalado. Se chequearán sus actitudes (crítica y autocrítica) en los plenos políticos. Se chequeará su heterosexualidad. Se chequeará su respeto y admiración por nuestros líderes y mártires. Se chequeará su círculo de amistades. Se chequeará su dedicación y su amor por la causa del proletariado mundial. Se chequeará su modo de vestir, pelarse y caminar. Si bebe, se chequeará. Si no bebe, se chequeará. Por supuesto que caerá bajo la ley de peligrosidad. Sabemos que se negará a cortar toda la caña. Sabemos que se convertirá en un elemento indeseable. Sabemos que es una lacra. Sabemos que se escribe con una hermana en el exterior. Sabemos que quiere escribir poesía. Lo sabemos. Y el hombre nuevo no está hecho para esas blandenguerías. Sabemos que nos odia. Le hemos dado de todo y nos odia. Sabemos que se irá del país. Una vez escapado en un bote, terminará por reunir todos los requisitos: ese es el hombre nuevo. Siempre será de los primeros en partir.

VISAS

Ay, hijo, la visa. Por el amor de Dios, hijo, avísame de la visa. Hijo, dime qué es lo que le pasa a esa visa. Yo te dije que podía ser una visa vieja. Y no tiene que ser una visa directa; puede ser una visa indirecta. Hijo, sin la visa ya no soy nadie. Y aquí dicen que allá hay de todo, así que también debe haber visas. Yo no sé lo que yo diera por verla aquí ya. Además, yo no sé ni lo que es una visa. Me la imagino verde, con unos pinchos, sin parecerse a nada más que a una visa. Hijo mío, la visa. Puede ser una visa que ya nadie quiera, que la vayan a botar. Recógela, sécala, llévala a algún consolidado si está en malas condiciones. No tiene que ser una visa nueva. Aquí dicen que cualquier tipo de visa es buena. Y puede ser para salir por cualquier país; a mí ya no me interesa por el país que sea. Con que me dejen estar allí, sin problemas, sin reuniones, sin nada, yo me conformo. Una esquinita de ese país a mí me basta. A María La del Patio le llegó una visa de lo más buena para salir por el Archipiélago de las Envenenadas. Está de lo más contenta. Ya regaló las cosas. Yo le dije que esperara unos días para regalarlas, por si pasaba algo de repente en ese Archipiélago para el que ella va. Pero no quiso. Dijo que las cosas materiales la venían atando hacía muchos años ya; que quería ver la casa vacía. Así dijo María La del Patio. Y yo se lo hallo bien. Al principio a mí me disgustó ese sitio para el que ella va, porque es que aquí nadie sabe dónde eso queda. Pero ya no me importa. Yo quería una visa para salir por un país de verdad, pero como ya estoy desesperada, me da lo mismo irme para ese Archipiélago Envenenado. Aunque allí no tengamos sino el mismo infierno que aquí, tan envenenado como este, tan miasmático y tóxico como este. Ay, hijo, la visa. Hijito mío, vísame. Dicen que ese país adonde María La del Patio va, está siempre ardiendo y envenenado, con unas llamaradas horrorosas, y que la lluvia lo que hace es avivar la candela. Pero allí lo que tiene que estar son unos meses más. Después va para otra parte. Y después creo que tiene que pasarse un tiempo aquí otra vez y salir de nuevo para ese archipiélago. Si la suerte la acompaña, se reunirá con sus familiares en unos quinientos meses. La carga de países por los que hay que pasar es ya bastante grande. Por eso es que te ruego, hijo, que no te quedes esperando tú por que las cosas se normalicen, pues nunca se van a normalizar, y hasta ese archipiélago siniestro se va a atiborrar de gente y no va a recibir a más nadie. Imagínate que aquí dicen que si el exceso de personas apaga la candela del archipiélago, este se hunde en el mar. Hijo, si la visa no llega para el mes que viene me tiro delante de una rastra. Hijo, te lo advierto, si esa visa no está aquí para abril a más tardar, me revuelco toda en el arroyo y me arranco el pelo. Por eso dime la verdad, dime si no me va a llegar nunca para ir matándome y matar también a tu papá que también está loco por morirse, y matar a todo el que de una forma u otra ha hecho posible esta desesperación porcina. Sí, hijo, porcina, porque ya yo lo que soy es una lechona. Dime si sí o si no. Pero dímelo ya, que de esa visa cuelga toda mi fe, todos mis pelllejos; mi propia vida colgando de esa visa. Para qué quiero yo seguir viviendo así aquí. Para qué vestir este carapacho mío; para qué moverlo aquí; para qué disfrazarlo con flores y llenarlo de unturas si yo misma no quisiera verlo cómo se bambolea en este tedio, en este horror, en este trauma diario. ¿Qué sentido tiene prepararle un bocado de comida? ¿Para que me siga dando energías y lo tenga que seguir levantando y llevarlo a la cola de los chopos? ¿Para desculillarlo de la bodega aquí y de aquí a la bodega? ¿Qué sentido puede tener que se sienta bien o mal o regular? Alimentarlo significa tenerlo vivo por más tiempo. Y esto, por supuesto, significa tenerlo sufriendo y añorando todo ese tiempo. Hijo, desde que tú te fuiste de esta casa, aquí no ha habido más resuello. Uno se despierta pensando en cómo morirse, trasteando los palos mejores para colgarnos. Pero te lo juro hoy, hijito: si no me llega tu visa, la de irme de esta maldición, me llega la otra, la que yo me consiga con una soga y un buen poste. Pero me les voy. De una forma u otra, pero me les escapo. No quiero oler más carne quemada. Contéstame pronto. No te olvido. Mamá.

Los originales de Al norte del infierno *(1983) se conservan en los archivos de la Universidad de Princeton, donde pueden ser consultados.*

ÍNDICE

OTROS TÍTULOS DE LA COLECCIÓN «MARIEL»